DANS LES OMBRES BLANCHES

Fiction & Cie

Christian Thorel

DANS LES OMBRES BLANCHES

Seuil

25, bd Romain-Rolland, Paris XIVe

COLLECTION
« Fiction & Cie »
fondée par Denis Roche
dirigée par Bernard Comment

ISBN 978-2-02-122114-5

www.seuil.com
www.fictionetcie.com

J'ai toujours beaucoup aimé la musique. Le cinéma aussi. Et sûrement, ce 5 mars 1953, aurais-je été affecté par la mort de Sergueï Prokofiev. Je ne verrai la lumière que ce 5 mars dans la soirée. Le compositeur est mort le matin. Dans *Alexandre Nevski*, le film d'Eisenstein, les images des chevaliers Teutoniques emportés par les glaces sont parmi les plus saisissantes de mes premières années de cinéphilie, toutes obsédées par la musique de Prokofiev. Loin de Leningrad, plus loin encore de l'Oural, le jour de son départ est pour moi le jour de l'arrivée.

Ce matin du 5 mars, Joseph Staline meurt, lui aussi. Et cette mort éclipse celle de Prokofiev. Je suis né un jour particulier pendant la guerre froide.

Mes parents se sont connus pendant la guerre, et mariés un jour qu'ils ne savaient pas différent des autres, le 6 juin 1944. Après le mariage, les enfants, trois garçons. Père et mère travaillent. Leur métier est de sillonner le département avec des cars, d'y transporter des voyageurs, élèves, ouvriers et paysans, commerçants. Les voitures particulières sont peu nombreuses, le temps est loin d'être aux effets de serre. Depuis la place où réside notre famille, et qui est le lieu de départ des lignes de bus, on repart de Castres pour des cités lointaines, entre vingt et cent kilomètres de distance. Béziers, Carcassonne, Albi, Rodez, Toulouse sont des villes presque étrangères. Est-ce de ce sentiment des espaces inconnus que me vient le goût des plans, des atlas, des cartes ? Je prends conscience de l'espace. D'abord la maison, la place, les rues de la commune, puis les campagnes, les montagnes. La mer bien plus loin, une première visite, un dimanche, pour en mesurer l'étrangeté. L'exaltation devant l'immensité. La peur des parents qui ne savent pas nager. Pour mon père, la route est plus apaisante que les vagues, il aime rouler. Peugeot, toujours. Il nous arrive de partir loin, au-delà même des lignes pleines de la carte Michelin, derrière les Alpes, au-delà des Pyrénées.

Dans l'appartement retapissé, la télévision s'introduit en 1958. À l'écran, la présence encore et toujours du Général, l'autorité souvent dénoncée de la RTF (Radio-Télévision française). Pourtant, même avare d'images préjudiciables au régime, images de l'Algérie, des bidonvilles, des grèves, des catégories sociales en colère, de la police ou de l'armée, la télé en noir et blanc, mal réglée, neigeuse, est une fenêtre sur la planète, ses paysages, son histoire, ses guerres. Le temps est à la décolonisation. Pour moi, les années 1960 à 1963 sont celles d'un éveil brutal aux désordres du monde. J'avale des informations, sans prescription : la guerre froide et le mur qu'on érige à Berlin, la crise des missiles à Cuba, les mouvements de libération en Afrique, en Asie, l'assassinat de John Kennedy. Dans l'innocence de l'enfance, j'ai du mal à résister à toute cette violence, à ces menaces, qui demandent des explications. Je n'en cherche pas, et j'enferme parfois l'angoisse du temps présent entre le cœur et l'estomac.

Il y a, plus heureusement, la découverte de l'imagination. Dans les années 1960, sur le petit écran, le « noir et blanc » de Lang, Renoir, Carné, Lubitsch, Ford, Mankiewicz, Sternberg compense le Technicolor des films du cinéma du dimanche, films historiques, westerns, péplums. La poésie d'*Orphée*, de Jean Cocteau, bouleverse profondément ma compréhension de l'existence et de la mort.

Comme pour toutes les œuvres de l'art, notre lien aux livres et à la littérature procède de ce dont ils sont chargés, la vie, l'amour, la haine, la mort, la guerre. L'étude, l'acquisition des savoirs sont des entreprises mystérieuses. Sur l'usage des lectures, la famille est partagée. Le père ne lit pas, la mère aime les livres. Quant à mes frères, l'un est pour, l'autre contre.

Je vis comme un bernard-l'hermite, mon corps m'embarrasse, ma langue maternelle tout autant. Durant les mois qui suivent l'explosion de 68, la vraie vie semble ailleurs. Dans la province qui est la mienne, loin de Paris, pas si près que cela de Toulouse, on sent encore la campagne aux portes de nos maisons, et les cris des manifestations se dissipent plus vite que sur les pavés de la capitale. Mais le pli sera pris naturellement, le pli d'une « génération » qui exige la parole.

Tout cela est en effet si court, déjà les années de lycée ont glissé vers celles de l'université. Le free jazz se substitue au rock. C'est une musique libre. La liberté trouvée, quand bien même fragile, loin des autorités familiales, provoque comme un appel d'air, dans lequel s'engouffre le désir des découvertes. Comme pour sortir d'une adolescence désespérément banale, le hasard me pousse contre une voiture et m'ouvre la porte des hôpitaux pour neuf mois. Désormais doté d'une hanche en souffrance et d'un pied qui échappe à mes injonctions, je réintègre en boitant l'espace des études, une école d'ingénieurs en lisière de Toulouse, mais finis par craquer devant le rythme des contrôles continus. Personne dans l'école ne viendra tenter de rechercher le hérisson que je suis devenu. Encore un an d'études, ce sera le temps d'accoucher de la fin des certitudes mathématiques, et du début des emballements littéraires et politiques.

Ces moments sont pour moi le temps de la réconciliation avec la langue. Voici aussi le temps des rencontres, des nouveaux visages. Ces livres que, jeune collégien, je ne cessais d'observer dans la vitrine des libraires de Castres, chez lesquels je n'osais pas toujours entrer, je les découvre à La Bible d'Or, au cœur de Toulouse, chez le premier des libraires dont un ami étudiant me fait franchir le seuil. Voilà un homme qui passe sa vie dans les livres, avant d'en prodiguer la lecture à ses visiteurs. En dépit d'écarts idéologiques irréductibles, la reconnaissance restera grande pour la figure ronde et affable, qui se chargea sans le savoir de contaminer mes vingt ans.

J'ai donc vingt ans. Les livres semblent m'appeler. On dirait que tout converge vers les étagères que je commence à remplir de mes découvertes. Je lis dans l'exaltation les Américains Thomas Pynchon ou John Barth, Nabokov, Henry Miller,

Flannery O'Connor, les Anglais et les Irlandais, Lawrence, Joyce, Chesterton, Thomas Hardy, Mervyn Peake et John Cowper Powys, les Russes Boulgakov, Biély, Dostoïevski, les Allemands, les Autrichiens, Peter Handke, Günter Grass, Siegfried Lenz, Bertolt Brecht. Je découvre, dans d'autres univers artistiques, l'opéra, français, italien, allemand. *Moïse et Aaron* de Schönberg, *Pelléas et Mélisande* sont de puissantes révélations. Les poètes et les écrivains du symbolisme, Mallarmé, Villiers, Verhaeren, Huysmans, Maeterlinck, vont accompagner un éveil tardif à la langue poétique. C'est aussi le temps où l'on glane dans les revues culturelles, *L'Art vivant*, *Art Press*. Les environs du Nouveau Roman, *Tel Quel*, Barthes, Lacan et Foucault, Deleuze et Bourdieu, sont des lectures générationnelles. Et puis il y a aussi Freud, et Marx. Et Guy Debord. Dans la rue Pargaminières, la librairie Notre Temps dispense un autre savoir que La Bible d'Or, un savoir plus « compatible » avec notre génération. L'espace est réduit, à peine trente mètres carrés, mais c'est l'accès aux publications de François Maspero, aux Éditions de Minuit, aux manuels du marxisme, à toute la prose militante et à l'*Internationale situationniste*, dans l'habillage métallisé de Van Gennep à Amsterdam. Les livres accompagnent aussi les découvertes artistiques. Je ne peux oublier une première rencontre avec le cinéma expressionniste allemand, la présence révélatrice des livres sur le comptoir de La Cave-Poésie, ceux de Lotte Eisner, de Siegfried Kracauer, la collection de monographies « Cinéma d'aujourd'hui » chez Seghers.

Tout va converger, maintenant. Les espaces des livres sont sans limites apparentes. Je veux contribuer à leur présence au monde.

Janvier-mars 1977. Paris. Une vocation. J'ai vingt-quatre ans. L'idée de « faire du cinéma » s'éloigne au fur et à mesure que l'exercice de la librairie se mue en certitude. Depuis près de deux ans, Martine et moi traquons les découvertes dans Paris, où nous avons choisi de vivre à deux. Nous nous sommes trouvés autour des films de Garrel, de Fassbinder, de Rivette, de Schroeter, d'Eustache, de Fleischer, des Straub. Aux écrans nous ajoutons les scènes de théâtre, les salles de concerts. C'est le temps des éblouissements : Patrice Chéreau, Peter Brook, Luca Ronconi, Ariane Mnouchkine, Bob Wilson, Archie Shepp, Cecil Taylor, Anthony Braxton. Le goût pour les expressions les plus radicales, les plus « expérimentales » vient se mêler à celui pour les *Cahiers du cinéma* et la Nouvelle Vague. Je n'oublie rien des moments d'hallucination devant les images de Stan Brackhage, Michael Snow, Jonas Mekas, Maya Deren. De ce milieu des années 1970, l'assassinat de Pasolini reste comme l'irréductible symbole d'années où l'espoir d'un monde neuf vient percuter la domination d'un univers de violence.

Nous partageons de longs moments avec Serge Mestre, le compagnon d'exil, depuis nos terres méridionales. Il cherche des éditeurs, comme romancier et comme traducteur, dorénavant je cherche des librairies qui puissent m'accueillir. Trois ou quatre ans plus tôt, mes voyages à Paris avaient permis la découverte de La Joie de Lire, peut-être ces visites régulières furent-elles déterminantes. Depuis la fermeture de la librairie de François Maspero, je fréquente ainsi indifféremment La Hune, L'Escalier, Le Divan, Les Yeux Fertiles, L'Œil Écoute, Tschann, Autrement Dit, La Répétition. La vie me pousse inexorablement en direction du papier. La bibliothèque personnelle s'agrandit. Il se produit comme un appel vers une fonction moins intime des livres. Une représentation collective, politique, intellectuelle… sociale, professionnelle.

Dans les derniers mois de ma jeunesse à Toulouse, le hasard des camaraderies m'a mis en présence d'un représentant du Seuil. Bertrand Merveilleux du Vignaux est un premier signe du destin. Un passeur. Il obtiendra pour moi, fin 1976, mes deux premiers stages en librairie à Paris, dans celle très militante du cinéma de Marin Karmitz, le 14 Juillet-Bastille, puis dans la trop éphémère « boutique » de la place Monge, au nom prédestiné, « L'Échappée Belle ». Je commence à comprendre la fonction du métier, celle de propagateur.

Si c'est le temps d'une confirmation, d'une vocation, c'est aussi celui des fantasmes, des approximations. Je m'interroge. Sans méthode, comment adapter une vie future à la fragilité d'une vocation naissante ? Je marche à tâtons, saisis des occasions de papillonner, de conserver une apparente liberté de choix. Je retarde ainsi la décision d'un engagement. Nous abordons le printemps 1977 avec des envies de voyage. Martine et moi accompagnons Daniel Mesguich à Grenoble. Invité par Jo Lavaudant et Gabriel Garran, il y met en scène *Hamlet*. Grenoble est une ville à la mode, qui semble précéder de nouveaux modes de vie en province, culture, social-démocratie et technologies mêlées. Le séjour est improductif. Nous reprenons la route et penchons pour un court séjour à Toulouse, auprès des amis qui sont restés dans la ville rose, pour achever les études, passer des concours, trouver un premier travail.

À Toulouse, nos amis s'intéressent à mon projet. Ils nous conduisent rue Gambetta. Ici, depuis à peine plus d'un an, les vitrines ouvrent sur un monde de littérature et d'idées. La poésie, le cinéma y font irruption. La vitrine à gauche de la porte d'entrée est consacrée aux premiers livres des éditions Phébus : un essai d'Armel Guerne sur le romantisme allemand, une anthologie de textes des « frénétiques », singuliers et inclassables romantiques français, deux traductions de classiques arabes par René Khawam… Une manière d'introduction qui n'est pas tout à fait dans la tendance des années post-68. Jean-Paul Archie monte de son sous-sol, nous accueille et nous invite à déjeuner. Derrière les lunettes et la barbe, le parcours à découvrir d'un libraire plus qu'expérimenté. À découvrir mais pas à partager, du moins pas tout de suite. Bien trop occupée à se tailler un espace dans un environnement profus de librairies, Ombres Blanches n'offre ni travail, ni même possibilité d'« apprentissage ». Pour les stages, il faudra voir ailleurs, à Paris peut-être. Jean-Paul Archie me confie un sauf-conduit et me dirige vers Henri Causse qui, entre mille tâches éditoriales et politiques, fait office de directeur commercial aux

Éditions de Minuit. Et de conseiller aux libraires nouvellement établis – c'est, entre autres, le temps des « librairies différentes », un moment de l'histoire de notre commerce où se poursuivent les utopies de Mai 68, dans les quartiers excentrés, dans les campagnes, souvent non loin d'expériences communautaires ou politiques. Les Éditions Maspero, de Minuit, du Seuil, des femmes, Alternatives, Bourgois y sont en bonne place.

Avril 1977. Paris. Rue Bernard-Palissy. Une formation. Jérôme Lindon vient de créer l'Association pour le prix unique du livre. Il est accompagné de quelques éditeurs conscients des dégâts du prix net en vigueur, d'une poignée de librairies, dont Ombres Blanches à Toulouse, l'Armitière à Rouen. Il lui faudra quatre années, et toute sa science du discours, pour convaincre les hommes politiques du bien-fondé de la méthode de fixation des prix. Il en faudra plus encore pour que, collectivement, nous convainquions l'ensemble des professionnels du livre. En attendant, les Éditions de Minuit, qui furent celles de tous les engagements dans une guerre, puis qui en dénoncèrent une autre en Algérie, s'affirment dans la littérature, dans les savoirs, et dans leur temps. Ainsi, timidement, je pousse la porte de la rue Palissy. Dans les escaliers raides, on s'attend à croiser Alain Robbe-Grillet, Samuel Beckett ou Pierre Bourdieu. Dans l'atmosphère agitée par l'émergence de la Fnac, les bureaux des Éditions de Minuit respirent la résistance à un nouvel ordre redouté. Que peut y trouver un jeune homme en désordre ? Quelle vocation ? Je ne le sais pas encore, mais je suis prêt pour un entretien. J'attends des gestes, des opportunités, afin de confirmer un engagement dans l'univers du papier.

Avant tout, mon impatience doit se frotter à l'exposé de la réalité d'un commerce qui va changer. La conversation avec Henri Causse vient ainsi sonder les éléments d'un engagement qui pointe. Écrivant ces lignes, je me rends compte que je rejoue cette scène chaque fois que, depuis plus de trente ans, nous organisons à Ombres Blanches un « entretien d'embauche ». Quels mots pour désigner un rapport au monde, une disposition pour la lecture, pour y trouver les réponses à nos inquiétudes, y nourrir nos désirs, y provoquer nos colères ? Quelles méthodes pour ordonner ce qu'artistes et écrivains, musiciens et cinéastes, philosophes et historiens imaginent pour nous ? Je sors de cet échange convaincu, mais sans projet encore déterminé.

Novembre 1977. Rouen. Jeune libraire. Voilà six mois que je protège mes rhumatismes de l'humidité rouennaise depuis l'intérieur de la librairie l'Armitière. C'est ici que, par l'entremise d'Henri Causse, nous avons trouvé refuge. Martine a elle aussi accepté l'offre de Jean-Pierre Paroche de rejoindre l'équipe qui participe à l'agrandissement de la librairie, une opportunité qui nous réunit de manière imprévue dans le même métier, puis dans les mêmes projets. Il faut apprendre sans compter son temps : réception des colis, repérage des offices, de ses « méthodes », approche des catalogues, mise en rayons, accueil des clients. Loin de nos bases, nous nous essayons à de nouveaux réseaux, à de nouveaux amis. Un jour de crachin, le téléphone vient troubler un certain ordre à l'ombre de la cathédrale de Rouen. Jean-Paul Archie souhaite prendre de la distance, et envisage une manière d'association qui lui permettrait de quitter Toulouse.

Janvier 1978. Toulouse again. Jean-Paul Archie. Les premiers pas. Je suis engagé à Toulouse, que j'avais quittée deux ans et demi avant, avec une idée plus définitive de séparation. Dans les quatre-vingt-dix mètres carrés de la rue Gambetta, nous serons désormais quatre, dont Conchita Fernandez, à veiller sur les fonds réunis par Jean-Paul Archie. Martine ne nous rejoindra qu'un an plus tard. Chacun fait un peu de tout… sauf les commandes, domaine réservé au directeur, dans un certain secret. Sans informatique, les informations peuvent manquer, c'est sans gravité. Archie aime la clandestinité. Il partage différemment. C'est encore le temps des enveloppes, des timbres, et des délais postaux. Les livres arrivent… quand ils arrivent, il leur faut huit à dix jours, au moins. Mais les lecteurs ne sont pas aussi impatients qu'aujourd'hui. La lecture se désire. La conversation avec les clients occupe une partie du temps de travail, il faut mettre à l'épreuve son goût pour le commerce. L'acte de vente n'est pas une chose aisée, chaque jour apprend à se confronter à une demande nouvelle, à un comportement inconnu, à un livre ignoré. Chaque geste, chaque déplacement entre les livres vient confronter à l'inexpérience, au défaut. Le vertige est là, tout près.

Les temps sont difficiles. Nous ressentons, sans en savoir le détail, des ennuis économiques, un retard de l'équilibre financier. Nous essayons de faire face au flottement qui parfois domine, et qui vaut par des comptes fermés. Pour ma part, je prends connaissance des fonds de littérature et de sciences humaines. L'outil le plus exigeant de l'apprentissage est le catalogue. Il faut « pointer », reconnaître, avant même de connaître. La mémoire est le premier outil du libraire. Nous n'avons pour venir à bout des oublis, ou tromper les ignorances, que les répertoires annuels du Cercle de la Librairie, associés à leurs compléments mensuels. Des milliers de pages d'annuaires que complètent les catalogues des éditeurs, les « bons de commande ».

Si elle n'est pas la plus périlleuse, la commande Gallimard est à la fois la plus minutieuse, et aussi la source de découvertes renouvelées, de beautés oubliées d'un catalogue jalousé. Ma première visite à la maison Gallimard sera en mai 1980, afin de préparer l'exposition que nous accueillerons durant quatre mois dans notre sous-sol rénové. J'y rencontre l'historien et archiviste de la maison, Jean-Pierre Dauphin, qui me confie de précieux catalogues Gallimard des années 1930, pour la rédaction du document que nous destinerons à nos clients. C'est comme une « intronisation ».

Aux côtés des livres de la « maison blanche » de la rue Sébastien-Bottin, nos catalogues de prédilection sont, déjà et toujours, ceux du Seuil, de

Maspero (qui précède La Découverte), de Minuit, de Champ libre, de Galilée, de Corti. Il y a aussi le Mercure de France, Denoël, enrichi par l'apport de Maurice Nadeau et des Lettres Nouvelles, Grasset qui bientôt va inventer « Les Cahiers Rouges », Stock et sa « Bibliothèque cosmopolite », Robert Laffont et ses « Pavillons ». Sans oublier les livres blancs chez Christian Bourgois, quelques beaux restes du catalogue de Jean-Jacques Pauvert, et le souvenir émouvant d'Éric Losfeld.

Je saisis le nom d'Éric Losfeld pour dire un mot du nom de notre librairie ! En 1953, Adonis (alias Ado) Kyrou publie *Le Surréalisme au cinéma*, dans la collection qu'il inaugure sous le titre d'« Ombres blanches », chez l'éditeur Éric Losfeld, connu pour son engagement surréaliste, pour ses textes érotiques, pour la liberté avec laquelle il conduit sa vie publique et professionnelle, et qui lui vaudra d'être le plus censuré des éditeurs de l'après-guerre. Dans son livre, Ado Kyrou revendique l'esprit du film, *Ombres Blanches*, de 1928, de W. S. Van Dyke et Robert Flaherty, adulé par Breton : « Il est impossible de décrire la beauté magnétique de ce fleuve d'amour, et je le répète encore une fois : l'image cinématographique réussit ce miracle qui consiste à nous plonger dans l'émerveillement total. »

En 1961, Jean-Paul Archie, jeune postulant libraire, était entré au Terrain Vague, rue du Cherche-Midi, librairie dirigée par Éric et Pierrette Losfeld. C'est le rendez-vous des surréalistes et des cinéphiles. Lorsque le même ouvre sa librairie, au 48 de la rue Gambetta, il y installe littérature, sciences humaines… et livres de cinéma. À l'enseigne d'Ombres Blanches. Un hommage à Éric Losfeld, son « initiateur ».

Été 1979. Une émancipation imprévue. Jean-Paul Archie s'apprête à quitter définitivement Toulouse et ses Ombres Blanches. Il y reviendra à sa façon, intermittente. Il nous tend les clés de la librairie. Martine et moi restons dans l'imprécision sur notre statut, mais pas sur notre rôle. Pendant deux ans, nous aurons la délégation d'une direction. Le début de notre émancipation. En dépit de nombreuses et longues soirées passées à discuter activement, depuis notre entrée à Ombres Blanches en janvier 1978, nous n'avons pas trouvé les termes adéquats et le mode de notre « association ». Nos vies se sont superposées durant une année et demie. Nous n'avons rien ménagé, ni temps ni forces, pour infuser le « métier ». Le soir, en compagnie de Conchita, les discussions tournent autour de l'histoire de l'édition, des librairies, anecdotes, récits, expériences. Le cinéma, dont nous partageons tous les quatre la passion, alimente les dîners. Mais nous achoppons sur la méthode de transmission de la librairie. Pas même un désaccord, plutôt une non-disposition, comme un empêchement. Et si je mets mes économies dans la librairie, c'est sans contrepartie. Les choses ne se concrétiseront que fin 1981 par une refonte de la structure sociale de l'entreprise. Le « métier » reste un univers difficile à explorer. Il y aurait eu des lieux pour en apprendre la pratique, les règles, les méthodes, la manière, les façons. IUT, université, Institut professionnel se disputent un certain privilège sur la formation, mais le hasard des rencontres nous a conduits sur le lieu d'une singulière initiation. Il eût pu en être autrement : à Bordeaux, la même année, notre confrère Henri Martin transforme la discipline acquise dans la première des promotions de l'IUT en inventant La Machine à Lire. Et ailleurs, dans les librairies que nous fréquenterons, chacun aura une histoire à raconter.

Ici, entre les murs de briques de la rue Gambetta, nous ne manquons pas de sollicitations. Le nouveau se mesure à l'ancien, les désirs de lectures abondent, les envies se succèdent, les découvertes se bousculent. Pour s'émouvoir d'autant de territoires, il faut apprendre le vol de la libellule. Je souhaite ce vol aussi erratique et libre que possible, et pourtant j'apprends aussi à proposer la carte de ces territoires survolés. À les ordonner, en rayons, sur une table. Une des originalités d'Ombres Blanches consiste à éditer de modestes catalogues thématiques. Les romancières victoriennes succèdent aux écrivains du sud des États-Unis, à ceux de l'Amérique latine, aux écrits sur l'opéra. En 1979, le printemps est délibérément viennois et praguois, et nous saturons nos tables des écrivains et artistes de la grande et fulgurante Apocalypse joyeuse exposée au Centre Pompidou. Une certaine liberté se trouve dans la rupture avec la pression de l'actualité. Même devenu plus difficile dans notre environnement médiatique, cet exercice reste l'un des plus stimulants du commerce de nos livres. Au-delà de ces mois d'apprentissage, il faudra savoir conserver le caractère inépuisable de ces reconnaissances, de ces paysages à explorer.

13 mai 1981. Premières invitations. Depuis plus d'un an, nous accueillons des auteurs, modestement, peu fréquemment, mais dans la conviction. Catherine Millet et Jacques Henric, Philippe

Muray, Michel Butel (c'est avant *L'Autre Journal*), Daniel Sibony, Pierre Nora, Emmanuel Le Roy Ladurie, Bernard Noël, Tahar Ben Jelloun, Roger Grenier, Willy Ronis furent quelques-uns de nos visiteurs dans le sous-sol que nous avions dégagé à cet effet. Ces rencontres veulent accompagner la vie de la librairie et l'ouvrir sur la ville. En décembre 1979, Pierre Bourdieu vient présenter *La Distinction*. Nous acceptons la proposition de l'université de le recevoir près de ses locaux du centre-ville, dans la chapelle des Carmélites, chef-d'œuvre d'un art d'inspiration baroque à Toulouse. De la soirée autour d'un livre fondateur des sciences sociales, reste aussi l'image insolite d'un public de sociologues, rangé dans les stalles de l'église, où règne un froid quasi polaire. Pierre Bourdieu y est discret, réceptif, disponible. Un souvenir est plus marquant encore, celui d'un jour d'hiver de 1980 : la visite de Maria Casarès, qui vient signer *Résidente privilégiée*, le récit d'une vie exaltante, dense, en quelque sorte miraculeuse. Il m'eût fallu quelques années de plus, et une expérience plus grande, pour que je puisse confier à l'une de nos plus grandes actrices l'admiration que je lui portais. J'ai conservé de ce court moment l'empreinte de son regard, la douceur de son visage, qui contraste avec l'éclatante et funeste beauté de celui avec lequel elle incarnait l'ange de la Mort dans *Orphée*, le film de Jean Cocteau qui a marqué mon enfance.

En dépit de ces premiers efforts pour mettre les Ombres Blanches en lumière, le commerce des livres est à la peine. Il est vrai que le prétendu prix libre, établi après l'arrêté Monory, n'arrange en rien le repérage pour nos clients, souvent nouvellement acquis à la Fnac. Cette dernière s'est installée voici un an, et les effets sont rudes. La Fnac est aimée des consommateurs. Depuis 1974, le discount sur les livres a fait des ravages, et le remède de la « liberté des prix » est pire encore que le mal. Nous conservons l'espoir de reconduire les lecteurs vers nos rayons et vers nos tables. Nos catalogues n'y suffisent pas. Ceux qui résistent à l'attrait des prix nous permettent de garder la tête hors de l'eau. Nous sommes avant le prix unique des livres. Bientôt, ce sera l'une des premières décisions du premier des gouvernements de l'Union de la gauche, celui de Pierre Mauroy, mais nous en sommes encore à quelques semaines.

Le 10 mai, l'Histoire semble avoir fait retour dans notre pays. Elle ne sera peut-être qu'illusoire, prise dans une guerre économique mondiale qui débute à peine. Avant que ne se lève ce vent libéral, les nationalisations donnent le change, elles sont pour demain matin. Et seront éphémères.

Éphémères. Ce mot renvoie à l'absolue fragilité des hommes. Il en est pour qui l'Histoire s'est arrêtée à la porte des camps nazis, de la machine de mort. Georges Perec est de ceux-là, pas seulement. Nous l'accueillons trois jours après la « victoire de la gauche ». Révélé par l'incomparable Maurice Nadeau, il confie depuis trois ans ses livres à Paul Otchakovsky-Laurens (P.O.L.). C'est ce dernier qui l'accompagne pour une journée en présence d'un des premiers spécialistes de son œuvre, Bernard Magné, universitaire à Toulouse. Le soir, nous assistons à une projection du film réalisé par l'écrivain, *Les Lieux d'une fugue*. Georges Perec est fatigué, pris dans un saisissant moment de mélancolie. Comment vivre avec la maladie révélée, avec ce cancer qui l'emportera, moins d'un an plus tard ? De loin, il sera le témoin incrédule d'une altercation entre militants libertaires et activistes d'ultra-gauche, à propos de l'élection de François Mitterrand. L'époque est déjà imprégnée du cancer des thèses révisionnistes et négationnistes promues par des revues des courants d'ultra-gauche comme *La Guerre sociale* ou *La Vieille Taupe*. Une haine irréductible nourrit les tenants de ces doctrines, au point de diriger leur violence contre les livres. Dans la nuit du 8 mai 1982, nous serons victimes à Ombres Blanches d'un vol important et d'un saccage dirigé contre les rayons judaïsme, histoire sociale, histoire de l'art. Georges Perec repose déjà loin de ces turpitudes qui hantent encore le XXIe siècle nouveau.

Août 1981. La politique et la loi. Jérôme Lindon. D'un pas allongé, Jérôme Lindon traverse Ombres Blanches. Franchis les huit mètres de profondeur du magasin, il se heurte à la littérature. Je reste stupéfait par cette visite imprévue, qui s'avérera décisive. Sous l'étoile de Minuit, nous discutons de l'avenir du métier, conforté – enfin – depuis le 10 août par le vote récent de la loi sur le prix unique du livre. Lors d'un dîner cordial et énergique en compagnie de madame Lindon, il nous fait ses commentaires sur la loi, sur l'engagement relatif des députés, sur la pugnacité des dirigeants de la Fnac, sur le redoutable talent politique d'André Essel, son fondateur. Il nous exhorte à déployer de la combativité, de l'inventivité. Il faut convaincre les nouveaux pouvoirs, les médias, les lecteurs, et aussi les professionnels, partagés. L'histoire de la loi Lang, dernière étape d'une longue et séculaire suite pour la fixation du prix des livres, nous rappelle l'opposition de nombreux éditeurs, et surtout du syndicat des libraires. Provincial, conservateur, entravé dans ses prérogatives, ce syndicat, la FFSL, a du mal à saisir les inflexions de l'économie du livre, et surtout des nouveaux modes de consommation. La Fnac, dont les magasins sont encore rares hors de Paris, ne leur apparaît pas comme le danger analysé par Jérôme Lindon, à partir de la matrice originelle du premier magasin, dans la rue de Rennes. S'il est clair que nous aurons à défendre la loi adoptée prioritairement par le gouvernement Mauroy, les moyens de la promouvoir sont à imaginer.

En ce mois d'août ensoleillé aux Ombres Blanches, nous profitons du temps suspendu des vacances pour examiner un projet d'extension dans l'espace commercial voisin vidé depuis quelques jours. Il s'agit d'un atelier de réparation de machines à écrire, doté d'une carcasse de bois qui le fait ressembler à une chaloupe renversée. L'imagination est au pouvoir : café-librairie, espace de rencontres, galerie, etc. Pour Jérôme Lindon, il va de soi que ce doit être une nouvelle et irréprochable librairie. Il s'engage à nous accompagner dans cette deuxième phase de l'histoire de notre jeune entreprise. Ce sera le moment d'en revoir la composition. Dans l'ignorance de ce que nous serions devenus si nous avions été absents en cet après-midi d'été, il serait inconvenant de dire que cette seule soirée a réorienté notre vie, mais ces heures initièrent un compagnonnage sans lequel nous n'aurions pas écrit les étapes qui ont fait l'histoire d'Ombres Blanches. Depuis trente ans, les conversations avec Irène et Jérôme Lindon, plus encore avec Henri Causse, infatigable directeur, n'ont jamais cessé de nourrir nos visions de la vie des livres, de nos librairies, de notre librairie, désormais commune.

Mars 1982. Ombres Blanches. Phase deux. Une bande de saxophones nous précède dans les lieux encore inoccupés de notre nouvel Ombres Blanches, au 50 de la rue Gambetta. Notre propriétaire, l'avocat Pierre-Paul Vaysse, nous a glissé qu'ici, enfant, il venait jeter de temps en temps un regard curieux dans ce qui était le studio tout capitonné de Radio-Toulouse. Cinquante ans plus tard, Gérard Tiné et Jean-Philippe Dubourg, architectes, y ont logé pour nous un escalier à double volée qui va devenir emblématique. Quelques jours après avoir levé nos verres dans ces lieux vides, nous y déménageons les bibliothèques des Ombres, conçues et achetées en 1975. Nous sommes encore dans une économie de guerre, et les aides financières n'existent pas. Plus encore, la société de cautionnement professionnelle, dépendante du syndicat majoritaire (la FFSL), nous refuse la signature du prêt, au prétexte qu'« il y a suffisamment de librairies à Toulouse » ! Cela ne nous empêche pas de rassembler dans ce nouveau vaisseau les livres que nos amis et lecteurs attendent. Une nouvelle équipe se met à l'œuvre pour les accueillir. Nous sommes désormais sept, bientôt neuf. Philippe, débutant, reçoit la livraison le matin, descend les colis au sous-sol, fait la réception. C'est le premier métier pour un libraire, celui où l'on apprend les techniques, l'exercice de la mémoire, et où, dans l'étendue de ce que l'on ignore, s'éveillent la curiosité et le désir. Pascale installe ses vingt ans entre nos murs nouveaux, elle veillera sur les factures, c'est nécessaire. Françoise va bredouiller un début de rayon de livres pour les enfants, nous aurons bien du mal à l'éloigner d'*Ernest et Célestine*. Julien installe judicieusement ses livres d'histoire, de sociologie et de philosophie. Il est rebelle à la psychanalyse, et préfère quelques bouffées rassurantes de sa pipe. Nous fumons dans la librairie, où les cendriers sont souvent trop pleins. La fumée du tabac s'échappera entre nos murs jusqu'au début des années 2000. À l'étage des beaux-arts, la fumée est peut-être plus dense, l'activité aussi : librairie d'art, expositions, débats. Conchita, qui vit Ombres Blanches depuis le premier jour, en septembre 1975, veille sur les livres d'architecture et d'histoire de l'art. Nous espérons, avec cette « petite équipe », répondre aux défis auxquels nous convie la récente loi Lang qui nous protège. Ses adversaires – André Essel, fondateur de la Fnac, le premier – n'en acceptent pas les aspects protectionnistes, « conservateurs », contraires à des idéaux consuméristes, qu'ils n'hésitent pas à qualifier de socialistes.

Les débuts vont être difficiles, mais nous ne perdrons jamais espoir. Quelques distributeurs ne se montrent pas sous leur meilleur jour, d'autres comme le Seuil et Gallimard sont présents auprès de nous, attentifs, partageant le risque. Une maison naissante, Verdier, créée depuis Toulouse et les Corbières en 1979, nous conduit à réfléchir aux raisons plus profondes de notre choix d'extension, à l'accompagner des mots qui en dessineraient le « projet ». En bordure des vignes, par une soirée d'hiver, la communauté de nouveaux éditeurs qui nous met à l'épreuve n'est pas encore la belle aventure éditoriale que bien des libraires saluent avec admiration. Si nous avions consacré une vitrine à leurs premiers livres, nous les découvrons alors dans leur univers languedocien. Depuis ce moment près de leur feu, jamais nous n'avons cessé le dialogue avec eux. Dans quelques années, à partir de 1995, les Banquets du Livre nous réuniront lors des étés à Lagrasse, et viendront fortifier la relation, lui donner un autre sens. Gérard Bobillier nous quittera très tôt, en octobre 2009. Son absence, douloureuse, n'aura rien compromis et la complicité, fraternelle, se poursuit avec Colette Olive, Michèle Planel, avec les auteurs, avec les traducteurs.

Nous prenons collectivement le temps, sans oublier les urgences. Dans ces moments inauguraux de nos vies professionnelles respectives, les obsessions sont celles de la survie de nos jeunes maisons. C'est le temps des « petits éditeurs ». Verdier, Solin, Anne-Marie Métailié, Phébus, Le temps qu'il fait, Allia, Champ Vallon, Pandora, bientôt l'Éclat, Jérôme Millon, Parenthèses, et mille raisons de lire et de faire naître des vocations. Tout près de nous, le philosophe et universitaire toulousain Gérard Granel entame sous l'enseigne TER une carrière d'éditeur, pour les textes inédits de Wittgenstein, Heidegger, Husserl. Nous nous serrons tous, éditeurs, libraires, dans une évidente solidarité. Parmi tous ces pionniers, Actes Sud offre déjà un visage d'autorité. En 1979, lorsque nous avons commandé leurs premiers livres, nous sommes leur premier client. En 1978, Hubert Nyssen est encore dans le refuge des Alpilles, et dans le goût d'une vie alternative à celle des capitales, Bruxelles, Paris. En 1982, lorsque nous convierons à la maison Françoise, sa fille, et Jean-Paul Capitani, son futur gendre, ce sera le début d'une amitié et d'une complicité jamais démenties avec l'institution arlésienne. Comment qualifier le parcours libre et envié de cette maison, logée entre le monde des petits et celui des grands ? Le fait que ces éditeurs ne sont plus aujourd'hui « petits » mais « indépendants » n'a rien changé dans notre manière de consacrer l'énergie la plus grande à leur travail de défricheurs. Ils sont le sel de notre territoire. Non seulement ils en relèvent le goût, mais ils participent de manière exemplaire à fixer le public par leur créativité et l'abondance de leurs productions si singulières. Nos vocations de libraires n'existeraient pas sans les leurs.

Le goût des projets et utopies est d'ailleurs partagé par celles et ceux qui, chaque jour, visitent nos tables et nos rayons. Le samedi, la librairie devient plus encore ce que nous avons ambitionné, un lieu de rendez-vous, de rencontres fortuites, de discussions. Nos clients, nos lecteurs se retrouvent entre eux, par petits groupes. Les livres, la politique deviennent les sujets de propos improvisés. Nous partageons avec eux nos lectures, nos projets d'animations, nos émois, nos rencontres artistiques, les films, la musique. Cette « convivialité » procède d'un certain art de vivre générationnel. Nous voulons retrouver des fonctions essentielles du métier, sa société. Dans le même temps, nous voulons être le plus respectueux possible du choix du lecteur, le confier à son libre-arbitre. Nous poussons ce goût bien loin, jusqu'à trouver superflu de proposer une signalisation de nos rayons.

Dans nos murs nouveaux, après le « tout petit couloir » célèbre de la librairie, c'est à la fois le temps des livres et aussi celui des expositions. Nous accueillons des photographes, des peintres toulousains. En juin 1986, nous décrocherons les gouaches de Jean-Paul Héraud. Pour cette exposition, nous avions « tapissé » les murs de la librairie, et monté un plafond sous la voute de lambris, avec l'aide de Marie et Michel Didier, amis de la librairie. L'ensemble des peintures vaudra à l'artiste une belle page de Daniel Dobbels dans *Libération*. Il est vrai que cela avait « de la gueule », plus d'une centaine de toiles carrées, inondant la librairie de ses enluminures. Jean-Paul poursuivra une œuvre belle, spirituelle et sauvage.

Nous saisissons des opportunités amicales, parfois amenées par des éditeurs. Ainsi, en 1985, un bel accrochage de Jacques Damase, singulier éditeur de livres d'art, qui nous permit de travailler sous une immense tapisserie de Sonia Delaunay durant de longs mois. Les souvenirs ne sont pas tous aussi colorés. En mai 1982, grâce à Agathe Gaillard, nous exposons les photographies en noir et blanc d'Hervé Guibert, celles du livre *Le Seul Visage*, sur les murs à l'étage des beaux-arts. Trois d'entre elles seront déchirées lors du « saccage » déjà évoqué de ce 8 mai. Pas plus que nous, Hervé Guibert ne s'expliquera cet épisode, qu'il relatera dans *À l'ami qui ne m'a pas sauvé la vie*.

Mars 1984. L'Œil de la lettre. Cet hiver, dans la quiétude d'un appartement parisien de la rue de Tournon, nous vivons les premières réunions de ce qui deviendra la coopérative L'Œil de la lettre. Venus de Nantes, Aix, Avignon, Toulouse et Paris, nous sommes six à bricoler la naissance de ce groupement de libraires vivement encouragé par les Éditions de Minuit, fer de lance d'une génération qui voudrait construire, innover, inciter. La défense du prix unique et la propagande sont nos armes. Pour la première mission, il s'agit d'être à l'initiative des plaintes contre toutes les infractions à la loi Lang, car seules sont recevables celles d'origine professionnelle. Pour la « propagande », il faut mettre à contribution nos désirs, nos idées, nos réseaux. Sous l'influence de notre expérience à Toulouse, nous optons, entre autres actions de « promotion », de communication et de politique éditoriale, pour la publication de catalogues thématiques. Nous en confierons rapidement la rédaction à Jean-Paul Archie. Il sera notre grand « catalographe » durant dix ans. De ses investigations inédites dans les arcanes des grandes littératures du monde sortiront plus de trente catalogues faisant un état détaillé des traductions disponibles, dans les domaines germanique, anglophone, américain, brésilien, japonais, hongrois, tchèque, italien, espagnol, portugais, polonais…

Il faut faire un premier pas. Je le fais depuis Toulouse et m'isole une longue semaine pour écrire et concevoir ce qui sera le premier de nos catalogues collectifs. Centré sur la production littéraire russe et soviétique de 1905 à 1935 (de la première révolution à la Grande Terreur), nous l'intitulons « La Victoire sur le Soleil », un hommage à Khlebnikov. L'initiative et le titre proviennent d'une manifestation organisée dans son laboratoire toulousain par Armand Gatti, associé à la Cinémathèque de Toulouse et à Ombres Blanches. Nous programmons durant un mois cinq conférences avec les auteurs des collections russes de L'Âge d'Homme. Vladimir Dimitrijević, fondateur de cette belle maison, Efim Etkind, Jacques Catteau, Georges Nivat, Jean-Claude Marcadé donnent une intensité aux poètes, aux romanciers, aux peintres qui ont accompagné la révolution avant d'en devenir les victimes. Dans le bocal cubique et noir de Gatti, un escalier monumental qui évoque Tatline nous invite en direction de la lumière des poètes russes. Non loin de là, à la Cinémathèque, le public traque les ombres incandescentes du cinéma de la grande révolution soviétique. Dépositaire des copies de la Mosfilm, la société de production du cinéma russe depuis 1920, l'équipe de Raymond Borde y projette toutes ses richesses. Les films sont commentés abondamment par Leonid Pliouchtch et Hélène Châtelain. Le mathématicien dissident, dont nous avions en 1977 si bien accompagné les mémoires (*Dans le carnaval de l'Histoire*, Seuil), passa un mois sur un banc de montage à Toulouse, et visionna près de cinquante films soviétiques qu'il n'avait jamais vus dans son pays. Il tira de ces journées harassantes de longs commentaires écrits, encore inédits. Hélène Châtelain, égérie de Chris Marker dans le film *La Jetée*, réalisatrice et compagne de Gatti, continuera sa vie russe en donnant plus tard à Verdier, dans la collection « Slovo », quelques-uns de ses beaux auteurs : Chalamov, Ossipov, Harms, Golovanov, Krzyzanowski.

Mars 1987. Des nouvelles des ombres. *À la moitié du chemin de la vraie vie, nous étions environnés d'une sombre mélancolie, qu'ont exprimée tant de mots railleurs et tristes, dans le café de la jeunesse perdue.* La citation de Debord, qui introduit le roman de Patrick Modiano, s'applique bien aux relations qui pouvaient être les nôtres lorsque, certains soirs, en compagnie de Jean-Paul Archie, nous nous laissions couler dans une sorte de désillusion. Cela ne durait pas. Les années qui suivent son départ, notre désormais associé (nous avons reconstitué fin 1981 avec lui et les Éditions de Minuit la structure juridique d'Ombres Blanches) travaille dans le cinéma, auprès du producteur Claude Nedjar. En été 1984, il propose à ce dernier d'illustrer par une publication la sortie du film de Danièle Huillet et Jean-Marie Straub, *Amerika-Rapports de classe*, d'après le roman inachevé de Kafka. Il connaît mon admiration pour leur cinéma, et nous entreprenons en commun un très modeste travail autour des Straub, de leurs adaptations de textes littéraires, ainsi qu'un ensemble de textes autour de Kafka et le cinéma, tirés des journaux et de la correspondance de l'écrivain. Ce coup d'essai nous convainc de créer une petite entité, pour ce qu'Archie qualifie de « gestes éditoriaux », tout à l'incertitude de pouvoir produire des livres. Les éditions Ombres naissent véritablement seize mois plus tard, en 1986, avec quatre titres, des romans de Jens Peter Jacobsen, Ugo Foscolo, Alexeï Remizov, et *Les Derniers Jours d'Emmanuel Kant* de Thomas de Quincey dans la somptueuse traduction de Marcel Schwob. Encore un an, et quelques volumes de plus au catalogue. En ce mois de mars 1987, moment de représentation et de baptême public, nous défendons deux romans de Hermann Ungar, un écrivain tchèque de langue allemande repris au catalogue Gallimard, un tir groupé qui nous vaut l'admiration de Mathieu Lindon, Hervé Guibert et Alain Fleischer. Il est vrai que ces « blocs d'effroi et de terreur » sont une belle redécouverte. Elle sera suivie de cinq inédits de cet écrivain juif disparu prématurément en 1929 d'une banale appendicite, avant la tourmente en Europe centrale.

Nous rejoignons au Salon du livre de mars 1987 le monde des « petits éditeurs ». Sous la verrière du Grand Palais, c'est un peu le vertige, mais nous gardons la tête froide. Il vaut mieux. La vie d'une maison d'édition n'est pas un chemin pavé de roses. La relation entre nous deux, associés des éditions Ombres, en souffrira. Mais même si les crises récurrentes et une économie chaotique engendreront des silences parfois suffocants, la confiance réciproque restera de mise, l'amitié et la fidélité intactes. Après trente ans d'existence de sa maison des Ombres, Jean-Paul Archie a publié plus de trois cents livres. On trouve dans son catalogue la même affection pour les textes, qu'il entoure de ses soins, de toutes les sources, de tous les commentaires. Il est devenu pensionnaire de la bibliothèque Sainte-Geneviève, de la BNF, de la BPI du Centre Pompidou. C'est avec la même passion qu'il mettait à construire ses édifices bibliographiques pour les libraires de L'Œil de la lettre, qu'il rend visite aux écrivains singuliers qu'il se plaît à redécouvrir. Se consacrer, dans la solitude des textes, jusqu'au bout, à les transformer en objets à méditer, c'est aussi une possibilité de perpétuer la librairie, son métier, le même. Différemment.

Octobre 1989. Ombres Blanches. Phase trois. Nous sommes le 20 octobre. Jack Lang vient de lancer la première « Fureur de lire ». Nous ne boudons pas cette fête des livres, qui veut imiter la Fête de la musique et mettre la lecture en habit de lumière. Mais l'enjeu de notre journée est centré sur l'inauguration du nouvel Ombres Blanches. La troisième phase de notre courte histoire est en route.

Voici un an au moins qu'une tendance phobique me pousse à chercher la lumière derrière le mur du fond, sous la rochelle des beaux-arts. Il nous semble à Martine et moi que notre existence commerciale est compromise à la confiner dans le bel espace du bateau renversé, mais espace sans échappée, barré, à la lumière zénithale, tamisée. S'ajoute le fait que l'univers des livres se modifie à Toulouse, par l'agrandissement des trois premières librairies de la ville. Nous devons choisir notre avenir. Maintenant.

Depuis janvier 1989, le hasard des mutations du quartier et le déménagement de ses commerces de gros ont libéré le grand espace de papeterie mitoyen de notre vaisseau. Un week-end de travail a emporté le choix des associés. Nous nous décidons en mars pour un projet de librairie plus grande, afin de mieux travailler les options des origines d'Ombres Blanches, la littérature, les disciplines du savoir, les beaux-arts. Les intuitions une fois validées, il reste à les confronter à leur dimension économique et financière.

Nos librairies sont en effet des commerces, elles obéissent aussi à des règles économiques et d'organisation d'entreprise. Pour notre part, nous avons appris, comme l'on dit, « sur le tas ». Et chacun de nous deux, qui dirigeons ce navire depuis près de quarante ans, a mis ses obsessions à affiner la syntaxe et le vocabulaire de son terrain, sans connaissances théoriques préalables. Nous avons partagé les décisions, pas toujours dans le confort, souvent de mon côté dans un certain empressement. Les désaccords procèdent ainsi plus souvent de la différence des rythmes que de la finalité des projets.

Pour cette phase qui s'avérera décisive, nous accordons nos vues sur le projet global. Nous validons l'investissement, les besoins de financement, l'évaluation des risques, l'attente de retour commercial. Pour ne pas bousculer les habitudes et l'équipe, nous conservons notre mode de fonctionnement. Il est approximatif, et ne répond pas au changement d'échelle de la librairie. Il faudra encore cinq ans avant d'informatiser la gestion, repoussée par mes craintes crépusculaires d'un monde dominé par la technique. Il faudra attendre encore quelques années de plus pour que l'organisation nécessaire à notre petite collectivité puisse être mise en œuvre par Martine.

Pour faire avancer notre nouveau navire, un équipage se met au travail, qui vient compléter l'ancien. Ils seront fondateurs des Ombres Blanches, telles qu'elles vivent aujourd'hui. Jacques, récemment arrivé de Pau où il tenait sa librairie L'Aide-Mémoire, va dominer la littérature. Il aime aussi tous les arts, le cinéma, la poésie. Cela semble aller de soi pour devenir libraire. Bernard, un client de toujours, aime l'histoire ancienne, le Moyen Âge, il prend la place de Julien qui quitte nos rayons pour s'installer en politique. Richard travaillait dans le social, il vient dans les livres chercher ce qu'il n'a peut-être pas trouvé ailleurs. Bernard et Richard vont devenir des fanaux pour les sciences humaines et sociales. Lise va lancer le rayon jeunesse, elle renoncera devant l'âpreté du travail, incompatible avec une maladie qui ne la lâche pas, et qui l'emporte trop vite. C'est Françoise qui assurera, dans une certaine militance, le devenir de ce secteur toujours plus productif, toujours plus inventif, toujours plus prolixe.

L'équipe nouvelle va devoir assumer un changement d'échelle, les effets d'une certaine « spécialisation », laquelle résulte d'une incontournable

« spatialisation ». Après les travaux d'extension, les lieux auparavant dispersés sont réunis dans un ensemble somme toute labyrinthique. Cette complexité sera de plus en plus importante au fur et à mesure des agrandissements. Ce sera aussi un des atouts du succès de la librairie. En directeurs de cette petite cité des livres, faite de rues, de passages, de places, nous assurons la cohésion, et le lien entre tous. Nous augmentons considérablement le nombre de nos livres, ils suivent cette dispersion, vivent désormais plus en groupes, en matières, en disciplines, qu'auparavant.

En passant de trois cents à huit cent cinquante mètres carrés de surface commerciale, nous amplifions chaque rayon, nous créons une librairie pour la jeunesse, et un espace dédié aux rencontres et aux expositions. L'accroissement de l'offre, la distance entre les secteurs viendront modifier la relation du libraire au lecteur. Il sera bon que ce dernier accepte la diversité des voix, des points de vue, et pour peu qu'il ait des goûts variés, de confier à plusieurs interlocuteurs le soin de les partager, de traquer différemment les informations qu'il recherche. Dès lors, nous voudrons, Martine et moi, nous assurer que l'esprit de la librairie dont nous avons « hérité » dix ans avant, et que nous avons voulu conserver, soit agréé par chacun et que tous consentent collectivement à l'entretenir.

Ce vendredi 20 octobre inaugural, nous recevons une délégation d'éditeurs qui viennent parrainer nos nouvelles habitations. Jean Gattégno, qui fut le promoteur d'une nouvelle politique du livre à partir de 1982, a quitté la Direction du Livre depuis quelques jours, mais a tenu amicalement à présider ce moment. Il retrouve pour la circonstance les membres de l'Adelc, Jérôme Lindon, François Gèze (La Découverte), Claude Cherki (Éditions du Seuil), Antoine Gallimard et Jean-Claude Fasquelle (Grasset). L'Adelc, fondée en 1988, en est à ses premiers dossiers. Elle nous accompagne depuis ce moment. Comme elle l'a fait pour plus de cinq cents librairies en France.

Depuis 1982, les débats sont organisés entre les livres, et souvent le soir, après la fermeture. Il nous est même arrivé d'ouvrir le dimanche. Quelques souvenirs : les Straub (Danièle et Jean-Marie), un matin de 1984 à l'heure des offices, pour évoquer durant trois heures la littérature et le cinéma ! Hans-Jürgen Syberberg interpellé sur *Parsifal*, lors d'une conversation autour de son essai, *La Société sans joie*, Henri Meschonnic convertissant les auditeurs à sa théorie du rythme, Philippe Muray cherchant du regard les réactions d'un public trop clairsemé autour de son essai sur le XIXe siècle, c'est bien avant qu'il ne devienne un contempteur adulé de notre modernité. Il me reste une émotion particulière pour deux vieux messieurs, Giorgio Caproni et Mario Luzi, poètes italiens aujourd'hui disparus, lisant leur poésie. Ils sont comme engourdis par le froid, et ne quittent pas leurs manteaux de laine, à la maison comme à la librairie.

Si rien n'est venu nous imposer un changement dans la pratique somme toute conviviale de ces rendez-vous, nous apprécierons de leur destiner un lieu propice à une organisation plus régulière, à leur conférer un accueil plus « confortable ». Ce sera le début d'une politique de rencontres et de débats qui ne s'est jamais démentie, et qui est adoptée par nos publics.

Tard le soir, ce 20 octobre, nous dégageons les gobelets de vin des Corbières qui jonchent les tables. Les amis sont venus nombreux et apparemment heureux, lecteurs, éditeurs. Parmi eux, ceux de Verdier, d'Actes Sud. Le moment est fraternel, sans hiérarchie. La chance ou le hasard ont conduit une équipe de la deuxième chaîne sur les lieux pour l'édition du journal de 20 heures, il leur faut illustrer la Fureur de lire. Le public est déjà là, il promet d'être plus nombreux demain samedi. Au mur de la salle d'expositions, une trentaine d'images du photographe japonais Keiichi Tahara, des portraits d'artistes et d'écrivains. Et une photographie géante de Claude Simon qui fait le lien entre les étages. Un vent souffle sur les ombres blanches, est-ce celui qui obsède les personnages du roman du prix Nobel de littérature de 1985, Cers, Ponant, Tramontane ? Je ne peux ce soir m'empêcher de penser que Claude Simon est un bon esprit qui veille sur nous. En juin 1986, où les Éditions de Minuit publient son *Discours de Stockholm*, un an avant *L'Invitation*, Claude Simon accepte la nôtre. Je n'ai pas de voiture. Prêtée par Georges Mailhos, président de l'université de Toulouse-Le Mirail, qui l'accueillera avec moi dans ses locaux de la rue des Lois, la voiture de fonction et son chauffeur nous conduisent au petit matin dans le Roussillon. Claude Simon est d'une grande courtoisie. Le voyage le long des étangs, de Salses à Narbonne, est agréable, puis la route oblique vers le Lauragais. Dans une ville où il a fréquenté la caserne d'un régiment de cavalerie, ville d'origine de sa deuxième épouse, le romancier acceptera une journée de représentation, et de conversations sans grandes contraintes. Je garde en mémoire la traversée à pied de Toulouse, jusqu'au Château d'Eau, la galerie de Jean Dieuzaide, où Claude Simon exposera ses photos en 1992. Un moment en suspension, une rencontre avec un homme remarquable. Le destin m'en a fait croiser déjà beaucoup.

Janvier 1990. Des inspirateurs. Nous débutons une année dans les émotions. Pierre et Madeleine Chave, galeristes bien connus de Vence, nous permettent d'exposer une trentaine de gravures de Fred Deux, dont ils sont les éditeurs. C'est une chance immense. J'ai découvert le livre autobiographique de Fred Deux (Jean Douassot), *La Gana*, en janvier 1978. Sa lecture a inauguré ma présence à Ombres Blanches. J'ai avalé ce pavé de sept cents pages en un week-end, imperméable aux amis, aux sollicitations. À l'image de ses gravures, c'est un récit organique, de corps, de sexualité, de sang, de sécrétions. C'est une vie qui pousse sous les mots, dans le sous-sol, dans le sanatorium de l'enfance. J'ai lu *La Gana* sous la couverture des Éditions Losfeld, dans son édition de 1970. C'est Maurice Nadeau, l'éditeur de Gombrowicz, qui en permit en 1958 la découverte, en le publiant chez Julliard. Comment cet homme eut-il à ce point une aptitude aux révélations ? Longtemps après, en 1993, Joelle Losfeld reprit le livre, mais sans succès, toujours sans succès. Avant qu'en 2011 Georges

Monti n'entreprenne une nouvelle édition de *La Gana* dans sa maison légendaire, Le temps qu'il fait, c'est sous une couverture rouge sang qu'André Dimanche le remit en circulation en 1999, en l'accompagnant d'une suite de vingt-quatre disques compacts, enregistrement où l'artiste raconte sa vie, dans la spontanéité de la voix. Dix ans après l'avoir exposé, j'aurai ainsi une deuxième occasion de recevoir, de saluer en public et de remercier en privé l'écrivain, l'artiste, un guide, un signe affectionné parmi les ombres blanches.

C'est un mois de reconnaissance envers des inspirateurs. La première rencontre de l'année sera celle d'un libraire légendaire. Bernard Gheerbrant est le fondateur de la librairie La Hune en 1949, le rendez-vous des livres et des écrivains à Saint-Germain-des-Prés. Il est aussi l'initiateur du Club des libraires de France en 1953, et encore un acteur notable de la vie collective de la librairie et des livres. Et enfin un amateur d'art, un galeriste respecté. Il vient parler de La Hune à Ombres Blanches, sous les gravures de Fred Deux, lui qui en fut aussi un des éditeurs. C'est la génération de Daniel Cordier, celle des animateurs de la peinture des années d'après guerre, inventive, inquiète. Je me souviens ce jour-là que c'est à lui personnellement, dans sa galerie de la rue de l'Abbaye, que j'avais acheté ma première lithographie, en 1976. En noir et blanc, de Titus-Carmel, un nœud de tissus comme un vestige de voile. On a pu le trouver, ce vestige, entre les haubans, sous la hune d'un vaisseau désormais disparu.

C'est dans un autre Saint-Germain-des-Prés que celui de La Hune que j'ai eu mon accident de voiture. Dans le Tarn, à quinze kilomètres de Castres, c'est le nom d'un village. J'ai, une nuit, rêvé d'un magasin de brocante dans ce village. On le découvre, pourvu qu'on accepte de faire un détour depuis la nationale. Dans le bric-à-brac, attendent de magnifiques livres de sable. Parmi ces roses de sable et de papier, un roman de Jean-Paul Sartre. Ce rêve reste pour moi l'un des plus merveilleux que j'ai faits. Merveilleux, c'est le nom que Bertrand et Fabienne Fillaudeau ont donné à leur collection de contes, à l'enseigne des éditions José Corti. Une couverture bleue les rassemble. Sous son plaid, José Corti recevait ses clients, assez loin de Saint-Germain-des-Prés, face au Luxembourg. Sa notoriété le rendait très impressionnant, plus encore l'accueil sévère qu'il se plaisait à réserver. J'entrais dans cette librairie d'un autre âge avec une prudence de Sioux. J'aurais bien aimé partager avec José Corti, l'éditeur des songes, mon rêve de Saint-Germain.

Mai 1990. La maison romane. Nous quittons notre domicile et déménageons. Nous le savons, les livres, comme les disques, qui sont encore noirs, ne sont pas les choses les plus commodes à déplacer. Depuis notre arrivée à Toulouse en janvier 1978, nous louions un très vieil appartement dans la rue la plus chic de la ville, la rue Croix-Baragnon. Dans cet immeuble, qu'on prétend être la plus ancienne maison de la ville, nous occupions tout un entresol, grand et vétuste. Au dernier étage, un marchand de sommeil rappelait les romans de Victor Hugo, de Balzac, ou *Crime et Châtiment*. Il s'y produisit un soir un meurtre, un autre soir un incendie. Au-dessus de notre logement, le premier étage, aux fenêtres à meneaux, géminées, possédait une très grande pièce qui servait d'atelier au groupe d'« étudiants en archi » de la Société académique d'études architecturales. Depuis 1979, la librairie a noué des relations particulières avec l'école d'architecture. Des débats, des expositions, des rencontres… des livres confortent des liens. Nous avons l'impression que la maison et la ville sont des enjeux pour chacun. Et nos jeunes voisins, entreprenants, épris d'histoire et d'édition, stimulent par des actions publiques un goût pour l'urbanisme et pour l'architecture. Souvent en association avec la librairie. Ils quittent, comme nous, la maison commune, vendue dans des conditions douteuses après la mort de sa propriétaire. C'est un adieu à des survivances, la maison vivait comme au début du XXe siècle, et son couloir était ouvert à tous les vents. Désormais, après des travaux démonstratifs de rénovation, la porte en ogive barre avec fermeté l'entrée de l'édifice.

Notre fils, Roman, est né en septembre 1986 dans cette maison, dite sur une pierre de la façade, « maison romane ». Nous accueillerons notre fille, Clémence, quatre ans plus tard, un 5 juin, dans un autre séjour. Elle ne verra rien de ce premier intérieur où nous avons reçu, sans prétention, tant des auteurs que nous avons invités depuis notre retour à Toulouse. Avec notre nouvel Ombres Blanches, et avec ces deux enfants, notre vie quotidienne prend une autre tournure.

Septembre 1994. Depuis Hérodote jusqu'à Bouvier. Nous sommes conduits à reprendre la boutique de bandes dessinées, L'Aventure Dessinée, qui occupait depuis quatre ans à peine la première de nos Ombres Blanches, au 48 de la rue

Gambetta, et dont nous partagions la propriété avec Stéphane. Nous voici donc de retour dans les lieux de la conception de notre librairie, en 1975. Nous défaisons et refaisons les plans de l'ensemble de nos espaces. Nous savons si bien que la « mécanique » de nos rayons est fondamentale, il faut de la cohérence dans notre ensemble disséminé.

À cette heure où nous redistribuons nos rayons, nous devons aussi réformer l'entrée de la librairie principale, où Claude débute tardivement dans le métier. Elle va retrouver les accents de ses études en lettres classiques. Les dictionnaires, la langue française, le latin, le grec, mais aussi l'histoire ancienne, introduisent la visite de la librairie depuis cette date. Le choix de « conserver » la première place à la langue et à l'histoire procède non seulement du métier, mais aussi d'une éthique, et d'une conviction profonde et impérative pour les sciences humaines et sociales.

Quant à la bande dessinée, nous préférons la loger avec la littérature. Il reste à imaginer une autre fonction à L'Aventure Dessinée. Nous conservons le thème de l'aventure, de la découverte. Les années 1990 sont celles des voyages. Depuis les années 1960, et les exodes spirituels de notre génération au Népal ou en Inde, le monde a changé, on s'y déplace vite, trop vite souvent.

Une littérature gagne le monde de l'édition, celle des récits de voyages. C'est l'occasion pour nous de proposer une librairie spécialisée où nous réunissons récits, guides, cartes, plans, globes. Emmanuelle, vingt-quatre ans, dont quatre à Ombres Blanches, nous paraît apte à tenir le gouvernail de ce bateau. Elle saura y faire partager un attendu « sentiment géographique ». Nos meilleures ventes seront vite les récits de Nicolas Bouvier, de Bruce Chatwin, les livres des collections inventées dans ces années sans complexes. Les effets à venir de la violence, parfois du terrorisme, n'inhibent encore aucun désir d'Orient.

Pour notre part, nous restons un peu étrangers à ce bouillonnement, malheureusement. La librairie est en effet un métier de sédentaire. Nous avons du mal à quitter le pont. Nos cartes d'embarquement sont nos livres. Avec eux, nous évitons les contrôles.

Novembre 1994. Une seule solution, la dissolution. C'est un moment de cafard. Cela ressemble à un dimanche de novembre. Nous avons un dernier rendez-vous avec les confrères, venus nombreux des cinq coins du pays. Il va s'agir de mettre fin à l'organisation que nous avions initiée dix ans avant, dans l'urgence, dans la nécessité, et dans l'enthousiasme. Rien, en 1984, n'avait fait penser aux six libraires fondateurs de L'Œil de la lettre que la réussite du mouvement nous conduirait à le dissoudre. Un effet de saturation a fini par précipiter les cinquante librairies présentes en 1994 dans un abîme de dysharmonie, dans une certaine aphasie politique. Or, le mouvement répondait à l'origine à l'impératif de défendre la loi sur le prix unique, à la promouvoir, tant par des actions individuelles que par des productions collectives. Le groupement avait su actualiser la fonction du libraire, par l'énergie qu'il avait déployée contre la Fnac, contre Leclerc, pour l'accession aux fonds littéraires et scientifiques à travers l'édition de ses catalogues. Pour autant, la voie n'apparaît plus aussi évidente, et nous sommes déjà nombreux à envisager la séparation comme seule issue. L'assemblée ne se désagrège pas sans interrogations, sans reproches, sans regrets. Au café, sur le boulevard Edgar-Quinet, la séance, close, est commentée. Quelques pas encore, et c'est le cimetière Montparnasse. Ici reposent Sartre et Beckett, mais aussi Hachette, Larousse, Hetzel. Nous avons un héritage et ne savons pas toujours en être dignes. J'aurai parfois, dans des moments de crise professionnelle, le fantôme de cette journée pour me rappeler, avec regret, que nous n'avons pas su faire durer un mouvement auquel nous avions cru, et auquel il nous plaisait tant de nous identifier.

De cet « échec » sont nés le groupement de libraires Initiales, toujours actif, inventif, et aussi la reprise d'une réflexion sur la syndicalisation des libraires, qui commença deux ans plus tard, en 1996, avec quelques-uns des « conspirateurs ». Le Syndicat de la librairie française procède pour partie de ce dimanche de rupture. En attendant la perspective d'un rassemblement, le sentiment de solidarité est fortement blessé. Il faut aussi que la journée se finisse. Je vais exporter mon anxiété dans un autre quartier, loin des libraires et des regards de réprobation.

Après ce sombre dimanche, je retrouve la librairie à Toulouse, dans un climat personnel d'apaisement, que vient distiller la présence des livres. Nos clients, nos visiteurs témoignent souvent de ce frisson que suscite la peur de leur ignorance, lorsqu'ils sont confrontés à une aussi grande et évidente accumulation de savoirs, de créations. Une sorte de « syndrome des librairies », auquel nous n'échappons que par l'exercice de l'habitude, de l'apprivoisement. Nous vivons nos librairies avant tout comme les lieux d'une incontestable harmonie. Ouvertes, rien ne vient jamais compromettre la présence des livres. Fermées, comment dire, comment écrire ce sentiment que l'assemblée des livres nous inspire ? Comment évoquer la composition de silence dans la succession de nos bibliothèques ? Il y a aussi le dimanche, privé de la tension du public. Les livres sont en attente, le temps est suspendu. Dans la lumière d'un jour qui s'éteint, je n'en cherche aucun en particulier, je les respire. Et trouve alors une autre tentation, celle de m'abandonner à la dissolution parmi eux.

Août 1996. Le Banquet du Livre. Nous nous rendons à Lagrasse pour notre première librairie d'été au Banquet du Livre, un rendez-vous que nous ne manquons jamais depuis vingt ans. Depuis notre première rencontre en 1981, nous faisons le voyage régulièrement et passons du temps de réflexion, de partage avec « les Verdier », avec Bob, Michèle, Colette, et leurs amis. La maison de Colette, à Villemagne, est un havre qui accueille généreusement. C'est le lieu qui a donné son nom à la maison d'édition, les militants de la Gauche prolétarienne y sont passés, ont débattu, Benny Lévy y a réfléchi, écrit, croisé d'autres vies que la sienne, parmi les vignes et les oliviers, les cyprès, la roche et la garrigue. À Lagrasse, dans la partie « publique » de l'abbaye qui leur est confiée quelques jours en août, il a été décidé de faire revivre les « cercles socratiques » qu'animaient Benny et certains de ses amis, après la dissolution de la G.P. Le Banquet du Livre sera à Lagrasse un lieu de parole. Pour la seconde édition, Jacques Réda, Maurice Nadeau, Paul Fournel, Jacques Henric, Pierre Dumayet, Francesco Biamonti et bien d'autres écrivains se relaieront durant dix jours pour commenter leur approche du thème de l'année : « Des plaisirs ». Le soir, Benny Lévy, Jean-Claude Milner et Christian Jambet « dialoguent » et commentent depuis Platon jusqu'à Foucault le thème choisi. Au village, les allées vivent au rythme du Banquet, des rencontres, des films, des vidéos, des ateliers, qui se succèdent du matin jusque tard dans la nuit. Une équipe de rédacteurs venus du journalisme, de l'université met chaque jour la main à un quotidien de trente-six pages, composé d'informations et de textes inédits des écrivains invités. Et les lecteurs de notre librairie éphémère attendent chaque jour impatiemment *Corbières-Matin*, une prouesse de l'impression numérique débutante. Le journal tiendra quatre ans, les quatre premiers Banquets. La librairie, éphémère, renaîtra chaque été dans le cœur de l'abbaye, dans l'immense réfectoire, sur le côté du cloître. Et chaque année qui suivra, la librairie me prendra plus de temps de conception, de recherches. Même pour neuf courtes journées, il faut travailler intensément, profondément les catalogues, imaginer, composer un univers de lectures possibles sur le thème proposé. Nous arrivons accompagnés de quatre à cinq mille titres, de huit à neuf mille volumes. Dans la fièvre, le stress, les trente tables de deux mètres se couvrent de livres, dans un ordre entre science et improvisation. Les lecteurs tournent, vibrent, hésitent, vont et viennent, dans cet espace d'ombre et de retrait. Dehors, la lumière d'été est crue, les voix plus fortes, les dialogues nombreux. Le Banquet est le lieu d'un « être-ensemble » inaccoutumé et irremplaçable, le lieu des unions, et aussi des séparations. Lecteurs, écrivains, chercheurs, philosophes, historiens s'y frottent dans une attention inhabituelle, presque singulière. Dans l'énergie des confrontations, dans le commerce des voix, dans le plaisir et dans la douleur aussi parfois, nous avons appris de ces moments annuels, de la fréquentation assidue des amis de Verdier, un usage du « nous ».

Comment imaginer que ce lieu de réflexion et de retrait sera celui d'une attaque radicale contre les livres ? En août 2007, Pascal Quignard est l'invité privilégié du Banquet. Son livre à venir, *La Nuit sexuelle*, donne son titre à cette édition, dont il compose en partie le programme. Le seul mot « sexuelle » effarouche les intégristes logés de l'autre côté des murs de l'abbaye, sans qu'ils cherchent à connaître le contenu du livre et du programme du Banquet. La librairie sera intégralement dévastée par un mélange de fuel et d'huile de vidange, qui détruira plus de quatre mille volumes. Le dossier sera mystérieusement classé sans suite, alors même que certains témoins n'auront jamais été entendus. En dépit de la consolation qu'est le succès de plus en plus grand de la manifestation, aucun de nous, collaborateurs ou amis du Banquet, ne se résout, depuis 2007, à oublier ce forfait.

Avec Colette et Michèle, Gérard Bobillier, que nous appelions Bob, voua sa vie aux livres de la maison Verdier. Il nous a attachés à leur couleur, ce jaune identique à celui que Van Gogh appliquait sur la toile, lorsqu'il portraiturait le facteur Roulin. Il était pris dans les mots, et savait s'en servir pour consoler, pour instruire, autant que pour contester. Il savait lire les personnalités et les visages, y trouver les qualités d'un être. Plus qu'aucun autre, il avait su entretenir mon inquiétude, la stimuler, tout en apaisant parfois les excès propres au « sentiment tragique de la vie ».

Lors de ce Banquet corrompu par la haine, Bob a vu la tache dans le réfectoire de l'abbaye, il a senti l'odeur de la suie attachée, collée, à nos livres, aux siens. Il ne saura pas le verdict qui suivit la plainte. Qu'aurait-il pensé de nous voir privés des suites attendues, de la découverte ajournée des coupables, et d'une justice non rendue ? Bob a cédé face à un cancer plus commun que celui de l'intégrisme. En octobre 2009, il a laissé les amis, nombreux, le déposer dans le petit cimetière de Rieux, à quelques dizaines de mètres du pont médiéval qui franchit l'Alzou. Il ne nous accompagnera plus le long de ce ruisseau qu'affectionnent tant les pensionnaires de Verdier, les auteurs de la maison, les amis, les voisins.

Mars 1997. Et la technique ? Près de la porte de Pantin, nous découvrons, Martine et moi, l'agence informatique avec laquelle nous avons pris rendez-vous. Dans le loft réaménagé, la start-up au nom oublié mobilise quelques geeks devant leurs écrans. Il va falloir regarder à quoi ressemble un site Internet, avant d'en passer commande. Pour notre part, l'ignorance du Web est quasi totale.

Nous apprenons à notre futur webmaster l'existence d'Amazon, un commerce en ligne de livres ouvert depuis moins de deux ans aux États-Unis, à propos duquel nous avons lu un article. Moins de cinq ans plus tard, Amazon bousculera avec violence le monde de l'édition et de la librairie en Europe. Nous verrons se réaliser une partie de nos cauchemars, dans l'absorption rapide d'un pourcentage insoutenable du commerce des livres. En dépit de cette lésion, les libraires ont su faire obstacle à une entreprise monopolistique aux dimensions inattendues. Par des mesures légales, en participant au commerce en ligne, en misant sur leurs compétences dans les lieux naturels dont ils ont besoin. Les lecteurs resteront d'ailleurs majoritairement des clients des librairies. Ils ont toujours envie de toucher, de sentir, d'hésiter, de parcourir.

Notre premier site va sonner pour nous la fin d'une époque. Nos vies vont changer. L'Internet s'y installe, progressivement. Il va en occuper une part chaque jour plus importante. En mars 1997, cela fait deux ans à peine que nous avons entrepris de gérer informatiquement nos stocks, les ventes, les achats, les commandes, leur transmission. Longtemps, nous avons reporté cette décision. Je dois ma résistance aux écrans à l'esprit de ma formation de libraire. L'usage intensif des catalogues, la reconnaissance des fonds, leur connaissance, l'acquisition volontaire d'un savoir-faire, l'informatique ne me semble pas pouvoir les dispenser. Et j'en tiens une perception dévalorisante, plus encore la crainte des automatismes et des simplifications dans l'approche du métier et des catalogues. Il me faudra peu de temps pour reconnaître les avancées que l'usage d'une gestion informatisée peut apporter à notre travail, à la rigueur qu'elle lui procure. La place des écrans est centrale aujourd'hui, elle libère du temps d'information, de dialogue, de lien avec nos lecteurs.

Près de vingt ans après 1997, je regarde nos libraires. Ils sont jeunes, ils ont appris dans les allers et retours entre les bibliothèques de la librairie et les claviers. Ils ont les réflexes de leur génération. Et si la gestion simplifiée par les outils favorise une émancipation plus rapide du libraire dans son rayon, nous devons cependant veiller à l'initier à d'autres modes de recherche, conserver les repères du travail qui les a précédés. Nous aimerions les voir reprendre l'usage des catalogues, en apprendre la substance, visiter l'histoire des livres. Ils ont la chance d'accéder à un nombre grandissant d'initiatives qui mettent ou remettent en lumière des textes inédits, oubliés, ou disparus. La mémoire du libraire est celle de leurs traces, de leur passage, de la maison qui les abritait. Comment instruire cette conscience de l'ADN de nos livres à l'heure où elle réside au bout des doigts, dans l'instant qui suit la requête ?

Les temps nouveaux, Internet ont produit une certaine égalité, entre nos lecteurs et eux, dans l'accès à l'information. Chacun d'entre nous doit prendre en compte cette évolution et ses conséquences. Notre approche de la relation commerciale s'en trouve donc modifiée. Nos jeunes libraires réinventent le lien. Depuis longtemps, Nicolas, puis Thomas installent dans leur rayon, la littérature, les « classiques d'Ombres Blanches », les traces de nos lectures depuis quarante ans. Et continuent de défricher. La nouveauté reste le lieu plébiscité de la découverte. Le libraire régule à sa manière la pression médiatique, ou plus souvent la remplace. Le conseil du libraire reste ainsi une prescription, mais il est devenu la marque d'une confiance, d'un engagement amical, l'objet d'une conversation. Chacune et chacun s'emploie à partager et à convaincre. Dans la prudence et la modestie. L'intérieur de la librairie, son café sont plus que jamais devenus les lieux du rendez-vous où l'équipe, et chacun dans l'équipe, se plaît à nouer un lien. Aux rencontres et aux débats, se sont ajoutés des clubs de lecture, mais aussi des cafés littéraires ou philosophiques. La vie des livres est aussi celle de la ville, dont libraires et lecteurs veillent à rester des acteurs privilégiés.

Octobre 1999. Les Ambassadeurs. C'est aujourd'hui António Lobo Antunes que j'accueille à l'aéroport, accompagné de son éditeur, Christian Bourgois. Ce dernier occupe le déjeuner de ses histoires littéraires, du récit de ses rencontres, de ses commentaires sur l'actualité, sur la politique. António Lobo Antunes alterne la vivacité des répliques et des retraits qui ressemblent à des absences. Je suis très impressionné par cet homme, par sa carrure, par son parcours, sa vie, de soldat, de médecin, d'écrivain. Je l'observe, discrètement. Il représente ce à quoi la plus haute littérature nous confronte, dans l'ordre des mots, la prolixité, le chaos, la matière des souvenirs et des instants de la vie. Dans la marge de cette singularité qui en fait un des plus grands et des plus mystérieux romanciers de ce siècle, il représente aussi le pays dont il raconte l'histoire, et dont il porte la langue à l'incandescence, le Portugal. Me revient en mémoire l'image d'un Portugais de fiction, dans le film de Jean-Claude Biette, sorti quelques mois plus tôt, *Trois Ponts sur la rivière*.

Mathieu Amalric y interprète un doctorant qui travaille sur un éminent historien de Porto. Le visitant, il y croise, dans une sidération imprévisible, le regard d'un homme désormais privé de parole, d'une conscience saturée et aphasique. Un instant, je redoute, chez mon invité du jour, le même silence et la même immobilité, tout autant qu'une impérieuse explosion.

Christian Bourgois semble maîtriser l'humeur de son auteur, qui se tient aux frontières de cette mélancolie que l'on aime prêter aux Lusitaniens. La journée sera calme, et la rencontre publique dans l'émotion et la reconnaissance. Christian Bourgois fait souvent le voyage. Depuis plus de dix ans, il accompagne volontiers les écrivains de son catalogue, quand ils se rendent à notre invitation à Toulouse. J'aime la relation avec lui. Elle est simple et amicale, confiante. Il est un héritier de la grande Europe intellectuelle, il est un grand ambassadeur des lettres et des arts. À cet effet il sait, avec précision, régler la distance la plus juste avec ses interlocuteurs, tout en étant d'une grande générosité. Je garde avec émotion le souvenir du malaise de Christian, dans la cour de notre maison, au printemps 2004, et son retrait discret, refusant de troubler la tranquillité familiale. Quelques semaines plus tard, il subit une intervention longue et délicate. Plus encore je revois sa présence chaleureuse et attentive en juin 2006, sa disponibilité pour le public, lors de l'hommage aux quarante ans de son catalogue, au Marathon des mots, dans notre librairie, qu'il affectionnait beaucoup. Christian est mort en décembre 2007. Le catalogue exemplaire qu'il a conçu avec Dominique, son épouse, reste l'un des plus beaux balcons sur la littérature universelle. Son pas, son regard, son énigmatique enthousiasme, et son érudition nous manquent.

Septembre 2000. Ombres Blanches. Phase quatre. Nous saluons la fin de notre chantier le plus long, le plus délicat, et levons nos verres aux nouveaux livres, aux nouvelles libraires, à Magali, à Ingrid, qui viennent faire équipe avec Françoise pour animer une librairie jeunesse très agrandie, dans son nouvel espace, sous les deux verrières de la rue des Gestes. Ici, nous avons élu notre nouveau domicile, après de longs mois de dossiers, d'expertises, de travaux. Nous avons pu avancer notre grande caravane de livres dans le cœur du quartier, en reprenant des locaux mitoyens. Ce local de quatre cents mètres carrés, abandonné depuis dix ans au moins, était dans un état de vétusté et de dangerosité qui allait nécessiter de très gros travaux. Aux accents du métier, nous allions devoir ajouter la connaissance d'autres mélodies. Nous avons dû apprendre des règlements, des directives, le langage des commissions d'experts, celui de notre bureau de contrôle. Nous avions mis six mois pour ouvrir six cents mètres carrés en 1989, nous en mettrons dix-huit, entre 1998 et 2000, pour en consacrer quatre cents de plus à nos livres.

Nos architectes, Jacky, Gérard, ont été exemplaires. Nous sommes surtout fiers de notre nouvelle salle de rencontres, une grande et belle salle sous la grande verrière, lovée derrière les bibliothèques de jeunesse, spacieuse, haute, lumineuse. Nous accrochons aux murs de cette nouvelle salle d'exposition des peintures de Michel Didier. Une joie pour lui, une récompense pour nous. Les amis sont nombreux, depuis le midi du vendredi de l'inauguration jusqu'au soir. Peu de discours, beaucoup d'échanges, de toasts portés à la littérature. Le samedi, notre première rencontre dans ce nouvel espace est consacrée à la troisième réédition du livre de Jean-Louis Comolli et Philippe Carles, *Free Jazz; Black Power*. À l'origine, en 1971, il avait été édité chez Champ libre, puis en 10/18 l'année suivante, avant de trouver refuge chez Galilée en 1979. Les contestations politiques et la radicalité d'esthétiques nouvelles, libérées, y sont éclairées, débattues, revendiquées. C'est un moment émouvant pour moi, où viennent se réunir le temps de ma jeunesse, emballée par la stridence et la syncope des compositions, les retrouvailles avec Jean-Louis, lu avec attention comme théoricien du cinéma, puis retrouvé à Lagrasse lors des Banquets de l'été.

Hélène accueille nos invités dans un espace qu'elle aura du mal à quitter, quatorze ans plus tard, en mai 2014, lorsque nous troquerons cet espace de rencontres pour un autre, rue Mirepoix, à cent mètres de la rue Gambetta. Il y a trois ans, Hélène a accepté le poste nouveau de « communication » que nous lui avons proposé, et qui répond à une accélération dans la programmation de nos débats, portés très vite au nombre de trois, puis quatre, six, huit, chaque semaine. Sa présence auprès des auteurs est attentive, salutaire. Comme ce qu'elle met en œuvre auprès du monde associatif, des écoles, des universités, de tous nos partenaires du « monde culturel » qu'elle sollicite et qui nous sollicitent. La librairie n'a pas cessé son combat depuis les années de la guerre du prix unique. Il est important d'affirmer une détermination à en faire un acteur culturel et politique de la ville, autant qu'une entreprise commerciale. Nous resserrons les liens avec les théâtres, les cinémas, les bibliothèques, les éditeurs toulousains. L'attache avec le Théâtre Garonne s'affermit particulièrement, tant amicalement que dans la production commune de rencontres. Un compagnonnage régulier va nous permettre ainsi d'accueillir des auteurs pouvant rassembler des publics trop nombreux pour la capacité de notre salle de la rue des Gestes. Dans le silence du cube noir de Garonne, nous pourrons ainsi écouter les voix de J.M.G. Le Clézio, de Pascal Quignard, António Lobo Antunes, Claude Lanzmann, Jim Harrison, Amos Oz, Bernard Noël, Michel Deguy, Georges Didi-Huberman, Patrick Boucheron, Alain Fleischer…

Décembre 2000. La fin d'un monde ? Le mois dernier, le prix Goncourt a été attribué à Jean-Jacques Schuhl, pour son troisième livre, *Ingrid Caven*. Nous recevons le romancier, dans l'émotion. Lorsque j'ai appris la publication de ce livre, en mai, j'ai lancé auprès de Gallimard une invitation. C'est un homme qui publie peu, deux livres en trente ans. J'ai acheté les exemplaires restant à la Sodis de son premier livre, *Rose Poussière*, que Georges Lambrichs avait édité dans la collection « Le Chemin », en 1972. *Rose Poussière* est une trace de mes années à la recherche du cinéma, et un livre de la bibliothèque de mes vingt ans.

Ingrid Caven interprète la mère de l'adolescent, personnage principal du film de Jean Eustache, *Mes Petites Amoureuses*. Avec Jean-Luc, l'ami d'enfance, avec Martine, nous nous étions rendus en 1974 sur le tournage du film à Narbonne, dans l'espoir de rencontrer Jean Eustache. *La Maman et la Putain* représentait pour nous la perfection du style au cinéma, et nous avions avalé tout Eustache dans un festival au printemps précédent. Si nous avions facilement localisé l'équipe, nous avions dû repartir sans rencontrer l'artiste, reclus dans sa chambre et dépressif.

La journée en compagnie de Jean-Jacques Schuhl, l'ami de Jean Eustache, le complice, me rapproche éphémèrement de mon histoire, du passé d'un *je* encore hésitant, il y a plus de trente ans. Tous deux, Schuhl, Eustache, se confrontaient dans un désœuvrement volontaire, trouvant une finalité dans l'inutilité, dans le rien. Quelque chose d'Oblomov, à Saint-Germain-des-Prés, en quelque sorte. « Moi, très longtemps, j'ai continué à ne rien faire. Là-dessus, c'était quand même moi le plus fort, moi qui ai tenu le plus longtemps. C'est ce qu'il appréciait en moi, je crois, cet aspect ascétique, plus nul que lui », raconte l'écrivain, en 2006 à *Libération*, à propos du cinéaste.

Pourquoi évoquer cette apologie du retrait, alors même que nous venons de mettre une nouvelle fois la main à un moment-clé de notre vie collective, de notre entreprise, en ouvrant une extension de la librairie il y a trois mois ? Depuis 1978, nous avons choisi le travail contre une certaine tentation de notre jeunesse, celle de suivre la route existentielle du rien. Ce faisant, il m'apparaît que nous aurons appris à passer progressivement du *je* au *nous*. À assumer notre place et notre responsabilité dans la société.

Voici un an, en septembre 1999, Irène Lindon a publié le premier roman d'un jeune auteur, Laurent Mauvignier. Ce dernier va construire une œuvre de voix, envoûtante. *Loin d'eux*, *Ceux d'à côté*, *Seuls*, *Le Lien*, *Dans la foule*, *Des hommes* seront les titres des méditations auxquelles Laurent Mauvignier nous convie. Il est, ici et dans notre langue, celui qui marque le plus son temps par les passages mystérieux du *je* au *nous*, par l'exercice de la solitude, par les appartenances et les communautés.

Dans les espaces en extension de nos livres, l'année 2000 viendra amorcer ce mouvement progressif du *je* vers le *nous*. La librairie, par sa taille, va requérir la consolidation de l'équipe. C'est le début d'une nouvelle ère. Il ne faut pas perdre le sens de l'improvisation, de l'invention, mais glisser cela dans une organisation. Nous aurons besoin de plus de dix ans pour mettre cela en œuvre. Martine saura accomplir ce travail, sans qu'il vienne compromettre le projet de la librairie, son identité, ses engagements.

Nous agrandirons encore deux fois nos espaces commerciaux, en 2007 et en 2014. Ces transformations doteront la librairie d'un plan de plus en plus complexe, mais aussi des conditions de sa meilleure lisibilité et de celle de la distribution de ses livres. À partir de 2010, Valérie, Aliénor, Emmanuelle vont élaborer avec nous deux les conditions qui permettent à chacun, dans son rayon, de prendre soin de son espace de livres, dans la plus grande liberté possible, et aussi dans la plus grande cohésion nécessaire. Dans un film tourné à Ombres Blanches en 2014, *Une librairie au XXIe siècle*, le réalisateur, Henri Herré, s'attache à montrer, dans toute la simplicité de leurs gestes, ces veilleurs des livres, qui assurent par leur présence, collective, la transmission des objets de leurs soins.

Comme pour assouvir un vieux rêve, nous ouvrirons en mai 2014 une librairie de cinéma.

Charlotte, Fabrice y feront leurs gammes, sous l'autorité d'Aliénor. Nous retrouvons chez elle la curiosité envers tous les univers de la création artistique, et l'attention passionnée à la littérature et au septième art, une marque des Ombres Blanches à l'origine.

Avril 2001. Une conscience. Avec Henri Causse, nous avons l'habitude de nous appeler une ou deux fois par semaine, depuis déjà longtemps. Ce 12 avril (la date est donnée avec justesse par Jean Echenoz dans son livre hommage), il m'apprend la mort de Jérôme Lindon, survenue trois jours plus tôt. L'émotion est grande, le trouble fort, la gorge serrée.

La nouvelle tombera plus tard dans la presse, sur les premiers sites des quotidiens. Nous ne sommes pas encore englués dans une information distillée dans la seconde. Jérôme Lindon, pour sa part, a pris son monde de court, qu'il a privé d'une cérémonie « républicaine », en se faisant enterrer en toute simplicité et intimité, avant que sa mort ne soit annoncée.

Le souvenir revient de la dernière rencontre. Le même homme, énergique, déterminé, un an auparavant, le 2 mai, à la demande de Jacques Chirac, conduit à l'Élysée un groupe de dix libraires de son choix à un déjeuner. Le plus frappant pour moi, c'est de voir à l'œuvre l'éloquence, le sens de la dialectique, propres aux grands en politique et que le « patron » des Éditions de Minuit sait mettre en acte pour persuader. Il est vrai que le déjeuner est détendu, tant Jacques Chirac semble dans une certaine affection pour un homme dont il n'a pourtant partagé ni les idées ni les convictions, sur l'Algérie, sur la Palestine, sur bien d'autres sujets politiques ou littéraires. Probablement l'engagement du jeune Juif dans la Résistance vaut-il l'admiration de l'homme gaulliste.

Au retour du déjeuner, mes confrères et moi avons du mal à suivre Jérôme Lindon, marcheur infatigable du dimanche, le long des murs de l'Élysée. Dès lors, son souvenir se confond avec l'image de *L'Homme qui marche*, de Giacometti. Un *homme qui marche* de 1947, justement l'année même où Lindon entra aux Éditions de Minuit, pour travailler auprès de Vercors, avant d'en prendre la direction en 1948. Et de rencontrer Godot.

Septembre 2001. Coup double. *Nous avons même affaire, avec les attentats de New York et du World Trade Center, à l'événement absolu, la*

« mère » des événements, à l'événement pur qui concentre en lui tous les événements qui n'ont jamais eu lieu. Jean Baudrillard

Nous n'en revenons toujours pas. Le monde ne sera jamais plus comme avant. Le monde tel que l'Occident l'avait imaginé. À Toulouse, nous complétons par une deuxième catastrophe le tableau de la terreur à New York. Dix jours après les Twin Towers, l'usine AZF explose. Ce 21 septembre, en fin de soirée, José et moi parvenons à Toulouse. Nous avons traversé la France en voiture depuis Paris, pour retrouver les nôtres. L'angoisse, profonde lors de l'information en fin de matinée, fait place à la stupéfaction. Nous ne connaissons pas les paysages de guerre, et nous découvrons ce que nous redoutions parfois, lorsqu'il nous arrivait d'évoquer cette usine à hauts risques.

Quatre jours plus tôt, le 17 septembre, le festival Piano aux Jacobins nous a permis d'entendre le pianiste américain Jay Gottlieb. Il a choisi de jouer la Sonate Concord, de Charles Ives. Une sonate dédiée aux écrivains de Concord, la cité des transcendantalistes, Emerson, Thoreau, Hawthorne. Dans ce mouvement philosophique du milieu du XIXe siècle, on croit à la bonté inhérente des humains et de la nature. On croit qu'une véritable communauté des hommes ne peut pas tenir à des partis ou des Églises, mais à des équilibres insondables, unissant des individus entre eux. La musique, inspirée par la lecture des philosophes et des poètes transcendantalistes, nous rassemble ce soir-là dans le cloître des Jacobins. C'est une obsession magnifique que la recherche des lieux et des moments d'un être-ensemble.

Auparavant, dans l'après-midi, entre dix-sept et dix-huit heures, Jay Gottlieb est venu parler de la musique américaine du XXe siècle à Ombres Blanches, en l'illustrant au piano. Une semaine à peine après l'effondrement des tours, il est bouleversé. Avant de nous quitter, et en guise de ma gratitude pour ce moment musical, je lui offre un enregistrement de l'intégrale des sonates de Prokofiev. C'est un compositeur russe mort le jour de ma naissance, dans l'ombre d'un tyran, mort ce même jour de 1953.

Postface

Le narrateur de ces pages a hésité bien souvent entre le *je* et le *nous*. Ces pronoms personnels, il les a employés alternativement, pour désigner lui-même, seul ou avec son épouse, ou bien encore l'équipe de leur librairie. Les années où le récit de ses compagnonnages se conclut sont celles où, mystérieusement, mais naturellement, cette librairie va devenir une chose de plus en plus publique, un « bien commun ». Les librairies sont des entreprises commerciales, mais aussi des espaces culturels. À l'image des théâtres, de certains cinémas, elles sont habitées de telle façon que leur propriété finit par être diffuse. Le *nous* s'est en quelque sorte élargi au cercle des lecteurs, à celui des citoyens de Toulouse, du moins à celles et à ceux qui vivent leur monde par les livres.

C'est à partir de l'an 2000 qu'Ombres Blanches a laissé ses années de jeunesse, le narrateur aussi.

Elle va échapper en partie à nos regards, s'émanciper. Elle vit depuis par nous, mais aussi à côté de nous. Nous aimons cette autonomie.

Si, il y a quarante ans, il existait un désir préalable, à l'âge des rêves politiques, c'eût été peut-être de contribuer à édifier cet espace fusionnel, dans le cœur de la ville : une cité des livres où se croisent lecteurs, libraires, auteurs, visiteurs, travailleurs et inactifs, tous en besoin de lectures. Chacun s'appropriant une parcelle de ce territoire, avec l'espoir d'un livre encore inconnu. Ombres Blanches, nos librairies en général, sont ainsi des lieux de contacts, de frottements, où se mêlent les origines, les ordres, les convictions, les genres, les classes. La langue, les langues s'y activent, dans le croisement des regards, des visages. Nous revendiquons la diversité des éditeurs, celle des livres, de leur traduction, la diversité des voix, le cosmopolitisme.

Le professeur, l'élève, l'étudiant, l'écrivain, son éditeur, le critique, le journaliste, le lecteur, dans le train, à sa table, au fond de son lit, quelle que soit sa fonction sociale, chacun s'arroge un droit de regard sur ses lectures. Ce droit s'arrange depuis toujours, en le respectant, de celui des auteurs de ces livres, qui en sont les seuls propriétaires. Notre temps semble mal s'accommoder d'une aussi belle évidence, alors même que les techniques du numérique confient à celui qui prétend que les œuvres sont sans valeur symbolique tous les moyens de les détourner, cela avec la plus grande des facilités. Sur Internet, la convoitise se mêle à l'« innocence » dans l'usage d'un apparent accès à tout, illimité, gratuit et libre, dérisoire. La solitude du lecteur a fait place à l'isolement de l'internaute, et à sa vulnérabilité. Peut-être est-il difficile de résister à l'évanouissement, à la disparition, à la dissolution, alors même que la réalité se fait chaque jour plus inacceptable.

Les librairies restent parmi les trop rares lieux de nos villes à avoir survécu non seulement à l'enfermement des consommateurs dans l'espace disproportionné des galeries de la marchandise situées en périphérie, mais aussi à l'éradication des échanges produite par le commerce à distance. Nos lecteurs aiment leur liberté, celle de vagabonder parmi nos livres, des livres de papier qui ne laissent pas les traces de leur lecture, ces traces désormais capturées dans la lecture de fichiers numériques par les grandes sociétés commerciales, devenues agents de surveillance. Pour leur immense majorité, ils acceptent les règles d'une communauté des livres à laquelle ils aspirent, et dont ils n'hésitent pas à défendre et promouvoir la cause.

Peut-être, idéalement, aspirerions-nous, comme Thoreau ou Emerson, à croire en une communauté spontanée, pacifique mais politique. Les vertus de la lecture sont dès lors celles de la consolation qui en est attendue. Toujours l'espoir d'être ensemble, autour d'une cause, la cause des livres. Nous savons combien elle dépend de nos libraires. Leur liberté d'action, leur indépendance en sont le carburant. Nous veillons à les préserver, tout en assurant la cohérence de l'ensemble, ce qui requiert une exigence, celle des attributs de la profession. Chaque libraire est un passeur, mais aussi un témoin et encore un spectateur. Il se nourrit, lit, écoute, observe, agit. Avec une inextinguible soif. Ce sont des qualités et des valeurs que nous voulons défendre. Elles fondent les vocations auxquelles nous associons notre avenir, au service de la beauté du monde, autant que de ses inquiétudes. Les livres sortiront embellis d'approcher encore la vérité des choses. Comme nos librairies, et le métier qui s'y exerce. Nous n'avons jamais voulu faire autre chose que cela, pendant les quarante premières années d'Ombres Blanches, et ne voudrons pas faire autrement dans les quarante à venir.

Remerciements

à Bernard Comment, pour avoir proposé l'exercice, pour avoir patienté et conseillé,

aux amis, éditeurs, auteurs, libraires, qui ont nourri ces épisodes imprimés de ma vie,

aux libraires d'Ombres Blanches, à celles et à ceux d'hier, à celles et à ceux d'aujourd'hui, à celles et à ceux de demain que je ne connais pas encore, aux plus jeunes d'entre eux,

aux cadres d'Ombres Blanches, qui m'ont permis les jours d'écriture, dans l'apaisement,

à Martine, ici, ailleurs, toujours là, pas de librairie sans elle,

à nos deux enfants.

Dans la même collection

Patrice Pluyette, *La Traversée du Mozambique par temps calme*
Olivier Rolin, *Un chasseur de lions*
Christine Angot, *Le Marché des amants*
Thomas Pynchon, *Contre-jour*
Attila Jozsef, *À cœur pur*
Lou Reed, *Traverser le feu. Intégrale des chansons*
Centre Roland-Barthes, *Vivre le sens*
Chloé Delaume, *Dans ma maison sous terre*
Patrick Deville, *Équatoria*
Roland Barthes, *Journal de deuil*
Alain Veinstein, *Le Développement des lignes*
Alain Ferry, *Mémoire d'un fou d'Emma*
Allen S. Weiss, *Le Livre bouffon. Baudelaire à l'Académie*
Gérard Genette, *Codicille*
Pavel Hak, *Warax*
Jocelyn Bonnerave, *Nouveaux Indiens*
Paul Beatty, *Slumberland*
Lydie Salvayre, *BW*
Norman Manea, *L'Enveloppe noire*
Norman Manea, *Les Clowns*
Antoine Volodine et Olivier Aubert, *Macau*
Jacques Roubaud, *« le grand incendie de londres »* (nouvelle édition du grand projet)
Alix Cléo Roubaud, *Journal (1979-1983)* (rééd.)
Herbert Huncke, *Coupable de tout et autres textes*

Lou Reed, Lorenzo Mattotti, *The Raven/Le Corbeau*
Patrick Roegiers, *La Nuit du monde*
Maryline Desbiolles, *La Scène*
Christian Boltanski et Catherine Grenier, *La Vie possible de Christian Boltanski* (rééd.)
Olivier Rolin, *Bakou, derniers jours*
Charly Delwart, *L'Homme de profil même de face*
Christine Angot, *Léonore, toujours*
Louis-Jean Calvet, *Le Jeu du signe*
Jean-Pierre Martin, *Éloge de l'apostat. Essai sur la* vita nova
Franck Smith, *Guantanamo*
Roberto Ferrucci, *Ça change quoi*
Alain Veinstein, *Radio sauvage*
Robert Coover, *Ville fantôme*
Fabrice Gabriel, *Norfolk*
Thomas Heams-Ogus, *Cent Seize Chinois et quelques*
Thomas Pynchon, *Vice caché*
Chantal Thomas, *Le Testament d'Olympe*
Antoine Volodine, *Écrivains*
Marilyn Monroe, *Fragments. Poèmes, écrits intimes, lettres*
Charles Robinson, *Dans les Cités*
Frédéric Werst, *Ward, Ier-IIe siècle*
Jean-Marie Gleize, *Tarnac, un acte préparatoire*
Jacques Henric, *La Balance des blancs*
Éric Marty, *Pourquoi le XXe siècle a-t-il pris Sade au sérieux ?*
Norman Manea, *La Tanière*

Jean-Christophe Bailly, *Le Dépaysement, voyages en France*
Georges-Arthur Goldschmidt, *L'Esprit de retour*
David Byrne, *Journal à bicyclette*
Maryline Desbiolles, *Des pétales dans la bouche*
Alain Veinstein, *Voix seule*
Patrice Pluyette, *Un été sur le Magnifique*
Lydie Salvayre, *Hymne*
Xabi Molia, *Avant de disparaître*
Patrick Deville, *Kampuchéa*
Olivier Rolin, *Circus 1*
Maurizio Cattelan, Catherine Grenier, *Le Saut dans le vide*
Pascale Casanova, *Kafka en colère*
Lou Reed, *Lulu*
Chloé Delaume, *Une femme avec personne dedans*
Franck Magloire, *Présents*
Gérard Genette, *Apostille*
Julien Péluchon, *Pop et Kok*
Maryline Desbiolles, *Dans la route*
Alain Veinstein, *Scène tournante*
Éric Nonn, *Par-delà le Mékong*
Xabi Molia, *Grandeur de S*
Emmanuel Loi, *Le Jeu de Loi*
Mauricio Ortiz, *Du corps*
Marilyn Monroe, *Girl Waiting*
Charly Delwart, *Citoyen Park*
François Bon, *Autobiographie des objets*

Patrick Deville, *Peste & Choléra*
Olivier Rolin, *Circus 2*
Thomas Pynchon, *L'homme qui apprenait lentement* (rééd.)
Thomas Pynchon, *V* (rééd.)
Jocelyn Bonnerave, *L'Homme bambou*
Alain Mabanckou, *Lumières de Pointe-Noire*
Philippe Artières, *Vie et mort de Paul Gény*
Tiphaine Samoyault, *Bête de cirque*
Sophie Maurer, *Les Indécidables*
Jean-Christophe Bailly, *La Phrase urbaine*
Norman Manea, *La Cinquième Impossibilité*
Benoît Casas, *L'Ordre du jour*
Kevin Orr, *Le Produit*
Chantal Thomas, *L'Échange des princesses*
François Bon, *Proust est une fiction*
Chloé Delaume et Daniel Schneiderman, *Où le sang nous appelle*
Maryline Desbiolles, *Vallotton est inadmissible*
Emmanuel Loi, *Marseille amor*
Thomas Pynchon, *Vente à la criée du lot 49* (rééd.)
Thomas Pynchon, *Vineland* (rééd.)
René Crevel, *Les Inédits* (dir. par Alexandre Mare)
Julien Decoin, *Un truc sauvage*
Maryline Desbiolles, *Ceux qui reviennent*
Kjersti A. Skomsvold, *La Vie au ralenti*
Frédéric Werst, *Ward. IIIe siècle*

Gérard Genette, *Épilogue*
Jean Hatzfeld, *Récits des marais rwandais* (rééd.)
Viviane Forrester, *Van Gogh ou l'Enterrement dans les blés*
Raphaële Eschenbrenner, *Exil à Spanish Harlem*
Karine Miermont, *L'Année du chat*
Catherine Millet, *La Vie sexuelle de Catherine M.* (rééd. collector)
Arnaud Delrue, *Un été en famille*
Antoine Volodine, *Terminus radieux*
Patrick Deville, *Viva*
Thomas Pynchon, *Fonds perdus*
Alain Veinstein, *Du jour sans lendemain*
Patrick Deville, *Sic transit* (rééd.)
We Are French (collectif), *France(s) territoire liquide*
Olivier Rolin, *Le Météorologue*
Alain Veinstein, *L'Introduction de la pelle*
Thierry Clermont, *San Michele*
Tiphaine Samoyault, *Roland Barthes*
Patrice Pluyette, *La Fourmi assassine*
Charly Delwart, *Chut*
François Chaslin, *Un Corbusier*
Julien Péluchon, *Kendokei*
Jean-Marie Gleize, *Le Livre des cabanes*
Roland Barthes, *Album. Inédits, correspondances et varia*

RÉALISATION : IGS-CP À L'ISLE-D'ESPAGNAC
IMPRESSION : NORMANDIE ROTO S.A.S. À LONRAI
DÉPÔT LÉGAL : AVRIL 2015. N° 122114 (1501177)
Imprimé en France